第四届《安徽古籍叢書》編審委員會

安徽古籍叢書萃編

朱楓林集

明·朱昇 撰 劉尚恒 點校

黃山書社

图书在版编目(CIP)数据

朱枫林集 / (明) 朱升撰；刘尚恒点校. —合肥：黄山书社, 2014.1
(安徽古籍丛书萃编)
ISBN 978-7-5461-4275-3

Ⅰ. ①朱…　Ⅱ. ①朱…　②刘…　Ⅲ. ①中国文学-古典文学-作品综合集-明代　Ⅳ. ①I214.82

中国版本图书馆 CIP 数据核字(2014)第 006174 号

朱枫林集

出 版 人　任耕耘
策　　划　任耕耘 赵国华 汤吟菲
执行策划　汤吟菲 徐娟娟
责任编辑　汤吟菲 徐娟娟 张元婷

装帧设计　未　氓
责任印制　戚　帅

出版发行　时代出版传媒股份有限公司(http://www.pressmart.com)
黄山书社(http://www.hspress.cn)
官方直营书店(http://hsssbook.taobao.com)
营销部电话:0551-63533762　63533768
(合肥市政务文化新区翡翠路 1118 号出版传媒广场 7 层　邮编:230071)
经　　销　新华书店
印　　制　安徽联众印刷有限公司

开本　880×1230　1/32　　印张　7.5　　字数　110 千字
版次　2014 年 9 月第 1 版　　2014 年 9 月第 1 次印刷
书号　978-7-5461-4275-3　　定价　100.00 元

序

黄德寬

值此《安徽古籍叢書萃編》編輯出版之際，欣逢新時期安徽古籍整理出版工作步入而立之年！三十年來安徽的古籍整理出版工作，很值得認真地進行一番回顧總結。

一九八一年，中共中央發布《關於整理我國古籍的指示》，成立了以李一氓同志爲組長的國家古籍整理出版規劃領導小組，正式拉開了新時期古籍整理出版工作的序幕。一九八四年，中共安徽省委決定建立安徽省古籍整理出版領導小組，由時任省人大常委會副主任魏心一同志挂帥，聯合了省新聞出版局等政府部門和安徽大學等高等院校、研究單位，正式啓動安徽省古籍整理出版工作。同年，安徽專業古籍出版單位黄山書社也宣告成立。安徽古籍整理出版工作由此翻開了嶄新的一頁。

三十年間，安徽省古籍整理出版工作堅持初衷，克服困難，在政府部門的支持和社會賢達的關心下，經過學者們的艱辛努力，取得了豐碩成果，其最有代表性的成果就是《安徽古籍叢書》的編纂出版。

《安徽古籍叢書》凝結了當代安徽傳統文化研究領域衆多學者與專家的心血和汗水。以吴孟復先生爲代表，組成《安徽古籍叢書》第一届編審委員會，賡續安徽先哲編刊地方叢書盛業，梳理文獻綫索，擬訂叢書子目，擘劃編纂體例。遵循嚴格的學術規範，《安徽古籍叢書》自一九八九年三月刊出第一種——《舊聞隨筆》，截至二〇一三年底，連同修訂再版，出版已突破百種，成爲我國當代古籍整理一個有影響力的品牌。

收入《安徽古籍叢書》的各類古籍，既有朱熹、戴震、俞正燮、凌廷堪、程瑶田、黄生、包世臣、楊仁山、吴汝綸等學術巨擘的著作，也有張孝祥、錢澄之、方苞、方文、施愚山、姚鼐、吴敬梓等文學名家的作品；此外，包拯、朱升、朱元璋、阮大鋮、姚瑩、方孝標、劉銘傳等皖籍著名歷史人物的著述也盡在其中。正是因爲歷代賢哲創造的精神財富，使得《安徽古籍叢書》一經出版即蜚聲海内外，産生了廣泛的社會影響。李一氓同志曾經撰文，欣喜地表示：

『現在有一個好現象，安徽要編印新的《安徽叢書》。』當代著名學者金克木、胡道静、張岱年、程千帆等先生稱道『這是安徽文化事業的一項盛舉』。法國漢學家戴廷傑也對《安徽古籍叢書》堅持嚴格的學術規範稱賞不已。

《安徽古籍叢書》的順利編輯出版，還因爲改革開放帶來的時代機遇。改革開放三十多年來，我國經濟文化繁榮昌盛，使得《安徽古籍叢書》能够得到有關方面的財力支持。上個世紀八十年代，《安徽古籍叢書》編纂在發軔之時，就不斷有項目入選國家古籍整理出版規劃，得到國家各方面的有力支持。最新公布的《二〇一一—二〇二〇年國家古籍整理出版規劃》中，包括《方以智全書》在内的新列《安徽古籍叢書》項目品種就多達四十八種。安徽古籍的整理編纂工作，正是在改革開放的大背景下，在全國古籍整理出版工作的大格局中，取得了突出的成就并展現着美好的未來。

《安徽古籍叢書》的編纂出版，安徽大學『省古籍整理出版辦公室』發揮了重要作用。古籍辦的同志們長期堅守在古籍整理出版崗位，甘於清苦，默默奉獻，辛勤耕耘，爲《安徽古籍叢書》的編纂和安徽古籍整理出版工作做出了突出的貢獻。二〇一〇年，在『全國專業古籍出版社社長年會暨全國優秀古籍圖書評獎會』上，時任國家新聞出版總署副署長鄔書林同志作題爲《無愧歷史　珍惜時代　出好精品》的講話，指出：『安徽是堅持地方古籍整理工作最好的省份。不少地方古籍辦幾乎都撤了，或名存實亡，安徽則堅持不輟，并做了大量工作。』

黨的『十八大』從戰略層面提出扎實推進社會主義文化强國建設，豐富人民精神文化生活，『建設優秀傳統文化傳承體系，弘揚中華優秀傳統文化』。《安徽古籍叢書》立足鄉邦文獻的整理編纂，因應了國家文化建設的宏偉規劃，是文化强省乃至文化强國建設事業的題中應有之義。這項事業遠非一兩代人所能完成，正如一九八一年中央三十七號文件所指出的，『整理古籍是一件大事，得搞上百年』。

《安徽古籍叢書》煌煌巨制，結構開放，歷時久遠。回顧過去，出版較早的圖書有些已經絶版；叢書版式、裝幀也屢經變更。爲適應集中展示、收藏和研究的需要，對已經出版的《安徽古籍叢書》進行階段性的集中梳理，適當遴選，統一版式，影印出版本套叢書是十分必要的。

作爲首套《安徽古籍叢書》選編本，我們希望通過這套書的出版發行，能使更多的讀者瞭解、認識和利用好《安徽古籍叢書》，有更多的皖籍、非皖籍專家學者參與到安徽地方歷史文獻的研究整理工作中來，讓《安徽古籍叢書》在未來不斷發展壯大。這是我們在新時期安徽古籍整理出版事業三十年之際的殷殷屬望！

二〇一四年六月

凡例

一、本編從二〇一〇年（包括二〇一〇年）以前出版的《安徽古籍叢書》中選取文獻資料價值大、校點整理質量上乘、學界仍有需求的圖書進行重印。

二、二〇一〇年以後出版者因市場上新書尚多，此次不復列入。早期所版《文學研究法》《舊聞隨筆》《桐城文學淵源考·撰述考》《桐城耆舊傳》《爾雅翼》等雖均爲叢書的中堅，因已有修訂新版，此次亦不復列入。《安徽古籍叢書附輯》整體不予列入。

三、所選圖書按初版時間先後順序編排。

四、采用原版掃描影印，不重新録排，儘量保存原書面貌。原書頁眉中的明顯編輯錯誤，逕改不出校；《賨山公家議校注》《康輶紀行 東槎紀略》兩種原書無頁眉，現統一補加。

五、重新設計製作封面，統一規格、工藝。一律采用大三十二開本，精裝。《説文假借義證》一書原版爲十六開，一個頁面放兩個中國頁，此次按統一開本重新排版，一個頁面放半個中國頁。

并新附《説文假借義證索引》於該書書末，以方便讀者檢索。《毛詩後箋》《吴汝綸全集》《田間詩學》《説文假借義證》等原書規模較大，爲方便讀者閱讀，現重新分册。另，《賓山公家議校注》保留原書西式裝訂方式。

六、收録叢書文獻由於各種原因，還存在這樣那樣的不足，請讀者批評指正。

第四届《安徽古籍叢書》編審委員會

二〇一四年六月

安徽古籍叢書

朱楓林集

〔明〕朱　昇・撰

劉尚恒・點校

安徽省古籍整理出版規劃委員會

顧　問　張愷帆●　丁繼哲　王惠鵬　光仁洪　杜維佑　李天敏　李廣濤　胡　坦　胡雲龍
侯　永　崔劍曉　陶若存　張立一　傅大章　鄭淮舟　鄭　鋭　潘鍔鏞

主　任　魏心一

副主任　陶有法　蔡德麟

委　員　吴孟復　金隆德　祖保泉　鹿世金　賈文昭　黎　洪　劉景龍

安徽省古籍整理出版基金會

理事長　崔劍曉

副理事長　丁繼哲　杜維佑　胡　坦　潘鍔鏞

秘書長　朱　揚　汪慎琳

理　事　田照臨　李庭榮　李炳忠　吴存心　汪石滿　沈基政　馬素英　孫智林　陳昌茂
陶顯斌　張其果　張金環　張振明　張繼忠　萬洪翹　鈕　漣　鄭英保　潘培咸

安徽古籍叢書編審委員會

學術顧問　王子野　吴小如　吴作人　吴組緗　周一良　周紹良　金克木　宛敏灝
胡道静　殷焕先　張滌華　舒　蕪　蔣元卿

主任委員　吴孟復

副主任委員　金隆德　施培毅　祖保泉　賈文昭

委　員　朱一清　朱世力　汪福潤　沙宗復　徐凌雲　殷呈祥　孫文光　梁垣祥
傅玉璋　劉學鍇

●以下按姓氏筆畫排列

安徽古籍叢書編印緣起

偉大祖國，歷史悠久，典籍豐富。我省地處南北之交，學術尤擅其盛。數千年來，哲學、史學、文學、藝術、語言、科技，作者輩出，著述如林，或自名一家，或蔚然成派，多爲中華民族文化之菁華，有裨於社會主義文化之建設。允宜及時整理，以廣流傳。

粵自明清，以至近世，南北郡邑已有涇川叢書、龍眠叢書、貴池先哲遺書、南陵叢書諸刻。一九三一年，復有安徽叢書之編印，所收皆皖人著作，分期影印。出至第六期，以抗戰軍興而中止。盛業未竟，論者惜之。

今者，中央倡導整理古籍，我省領導對此尤爲關心。省古籍整理出版規劃委員會幾經商討，決定編印安徽古籍叢書。最其體例，約有數端：一、所收皆爲歷代皖人著作。地域，以現行省區爲准。時間，一般以成書於「五四」之前爲限。內容，以文、史、哲爲主。二、整理方式：包括輯、校、標點或註釋，尤注意於稿本、稀見本之搜輯與傳布。校勘，力求採用善本爲底本，校以他書，或加補輯、編次。標點，採用新式標點。註釋，務求精確，但不作煩瑣考證。整理中，盡量吸收國內外研究的新成果。三、先秦、兩漢著作及文字、訓詁之書，皆用繁體字，其餘則多用簡體字。版皆豎排，以期一律。四、凡熱心於本叢書編印及捐資助刊者，得於書內題名。

安徽古籍叢書編審委員會

一九八九年七月

目次

卷二

赋

卷三

序

卷四

序

卷五

集外佚文

附录

前言

《朱枫林集》十卷，明初朱升撰。

升字允升，号枫林，又号枫林病叟、隆隐老人、墨庄主人。安徽休宁回溪人，后徙歙县之石门。生于元大德三年（一二九九），卒于明洪武三年（一三七〇），年七十二。

朱升幼年从师乡里江敏求、金斋谕。年十七，从学同里乡贡进士陈栎（字寿翁，号东阜），「剖击问难，多所发明，栎深器之」〔一〕。至正三年（一三四三）与同里赵汸（字子常，号东山）、赴湓浦，从学资州黄泽（字楚望）。后归，讲学于郡城紫阳祠。次年（一三四四）秋，登乡贡进士，丁内艰。至正八年（一三四八）授池州路学正，十年（一三五〇）到任。池州儒学之「学田富于他庠，而官吏蠹食之，弟子员日仅一饭，教养无方，师生解体。升至，会出入，整斋厨，去宿弊，晨兴讲授，以身示法，江南北学者云集」〔二〕。秩满，归里。时蕲、黄之兵已至徽州，升为避兵乱，移居歙县石门山中，授徒课子，闭户著述。

至正十七年（一三五七）秋七月，朱元璋兵下徽州，以邓愈荐，召问时务。升对以「高筑墙，广积粮，缓称王」，从战略上提出创基立国之策，深得朱元璋赞许。自是以后，「备顾问于内廷，参密命于翰苑」〔三〕，断续地度过了十四年之久的军戎生涯。至正二十七年（一三六七），朱元璋称吴王，授升以翰林侍讲学士、中顺大夫、知制诰、同修国史；洪武元年（一三六八）朱元璋立国称帝，晋翰林学士兼东阁学士、嘉议大夫。「其信任眷顾之隆，自韩国（李善长）、诚意（刘基）而下，一时文臣莫及也。」〔四〕

朱元璋曾这样称扬过朱升的辅佐之功：

尔朱升新安儒师，怀抱著述……察历数，观天文，择主就聘，首陈三策，朕实嘉行。新安款降，不俟兵刃；四方之士，杖策来从，皆卿齿德俱尊倡之也。每奉征聘，即弃家从朕亲率六军，东征婺州、诸暨、处州、巫子门、洋子江诸砦，俘获龙江；西伐铜陵、江州、洪都、武昌、安庆，北援寿春、金斗；南服瑶蛮。著言趋吉避凶，往无不克。卫余难于鄱江口，尔宁不顾己躯；足兵饷于鄱阳湖，众跃声震天地。及收抚伪汉黎庶，擒逆张，取中原，谋猷多中。……於戏！太公韬略兴周室，方叔功名照汗青。〔五〕

这番话，并非泛泛的溢美之词，从《朱枫林集》和许多明代史籍中，我们都能看到朱升协助朱元璋赞画军机，创定典章，罗致人才等方面的具体史实。在一定意义上，朱升确系明代立国的「启运之臣」。

朱元璋对这位「才佐帝业，学本国师，文注子经，武贯韬略」的「启运之臣」十分器重〔六〕，曾亲为其楼居题写「梅花初月」扁额，又给以「免朝谒」的特别优待，尊之为「宗长阁下」，誉其「眷我同宗之老，实为耆哲之英」〔七〕，「笺笺束帛为矜式于国中，青青子衿来英才于馆下」

〔八〕；甚至说：「朕与卿分则君臣，情同父子」〔九〕（案升长于朱元璋二十九岁），足见其亲礼之隆。

然而，朱升却始终未肯长留在朱元璋身边。至正十七年（一三五七）秋第一次被召，「冬十月，授朱升中书资议，告归省，辞不受」〔一〇〕；自此，「连岁被征受命，既就道不辞，比至见，上有所访问，后亦不强留」〔一一〕。就这样「年年应召赴秦淮」〔一二〕，终于在洪武二年（一三六九）三月，请老归山，次年（一三七〇）十二月，以疾卒于家。

对于朱升为什么在明王朝建立后毅然功成身退，史学家们自来解释不一。我们认为，这有两方面的原因。

首先，从主观上说，朱升作为新安理学的传人，他力求保持自己的儒者风节。

由朱熹所开创的新安理学，历宋、元而其传弥广。朱升的老师陈栎，师承黄智深（字常甫，号草窗，休宁人），而黄氏之学本于滕铅（字和叔，号万菊，婺源人），铅之父珙（字德章，号蒙斋）、伯父璘（字德粹，号溪斋）俱师事朱熹。从学术渊源关系上看，朱升是朱熹的五传嫡系弟子〔一三〕。

从新安理学家狭隘的民族观点来看，蒙古贵族所建立的元王朝，是「夷狄入侵」，「乱我华夏」。如同朱熹坚决主张抗金一样，朱升认为「元主中国，天厌之久矣」，而朱元璋之起兵抗元，乃是「驱胡虏而复圣域，变左衽而为衣冠」之举〔一四〕；加上对于蒙古贵族对汉民族先进经济、文化的破坏以及连年战乱导致的生灵涂炭现象的痛心疾首，终于使得这位老儒从书斋里走了出来，召侍军门。而一旦明王朝已经建立，自己的汗马功劳，用他自己的话说，不过是「功名事业塞宇宙，敛之方寸谓之仁。隆中窥此诸闻达，莘野抱此称天民。即今谁因乃成比？故人陶侃与贺循」〔一五〕，遂同他的前辈许月卿（字太空，号山屋，婺源人）、胡一桂（字廷芳，号双湖，婺源人）、郑玉（字子美，号师山，歙人）、陈栎等不乐仕进者一样，「揣分甘作山中人」。清初黄宗羲曾说：「新安之学，自山屋变为风节，盖朱子平日刚毅之气，凛不可犯，则知斯为嫡传也。」〔一六〕赵吉士在论及新安之学时亦谓：其地「老儒宿彦，自蒙童读书至老死，未尝暂释，著述充栋，不肯一俯首就试有司。」〔一七〕在恪守新安理学的这一传统方面，朱升堪称典型。

其二，从客观上说，朱升的功成身退也与朱元璋的为人密不可分。朱元璋晚年性喜猜疑，刚愎自用。十四年之中，朱升至少亲历两件事情，使他不能不对朱元璋存有戒心：一是吴元年（一三六七）七月，朱升领乐舞生奏雅，误以宫音为徵音，朱元璋「不怿」，便面斥「近世儒者鲜知音律之学」〔一八〕。二是同年九月，集文武官员议北伐中原事，朱升建议朱元璋「尚当亲御九重，提练六师，镇抚四夷」，未可「虑一隅而忘三隅」，朱元璋却问「信国公徐达、鄂国公常遇春总北伐如何」〔一九〕？对他的建议根本不予采纳。更何况，洪武元年（一三六八）被元璋「访贤」而来并被擢升为国子祭酒的许元（字存仁，金华人），因告归「忤旨」，已庚死狱中。耳闻目睹，使朱升不寒而慄。对这位「天性刚直，不肯苟同」的儒者来说〔二〇〕，「不能陈力当引去」〔二一〕，乃是避祸全身的上上之策。至于历史上鸟尽弓藏、兔死狗烹的故实，饱读经史的朱升自然是熟知的。因而，他不但自己屡次执意引去，还藉口其子朱同「事君之忠有馀，保身之哲不足」，不允他为官，并悲痛欲绝地向朱元璋为儿子要一纸「赐以完躯」的免死证〔二二〕。历史的发展，印实了朱升的先见之明。在明初统治者的内部倾轧中，朱元璋大肆屠戮文武功臣，朱升因内心早有防备而幸免于难，得以在乡间寿终天年。

作为理学家的朱升，他一生的主要事业还是授徒课子，解经著述。他针对先儒「经与解离，不能以意相附」的弊端，于「六经四书，皆欲旁而注之」〔二三〕。他的解经方法是「每于本文之旁，着字以明其意，有其不相连属者则益之于两间；苟有不明不尽者，又益之于本行之外」，这样能使「学者读本文而览旁注，不见其意不足也」〔二四〕。他正是通过这类旁注，「考六经之源，究制作之始，以得名言之义，味词助之旨，以畅旨趣之归，而圣贤之心见于方册者始可而见，然后旁参之以传注之文，究极乎濂、洛、考亭之说，熟玩乎其所已明，而深究乎其所未明。」〔二五〕朱升一生肆力为学，「六十年间虽出处不常，未尝一日释卷，编录考索，日益月加，动成卷帙」〔二六〕，著述相当宏丰。其所著除本书之外，尚有：

墨庄率意录

今佚。未见于诸家书目著录。据《朱集》卷三《墨庄率意录序》，知此书是一部内容「下及庖馔工巧之琐末」，「上及道德性命之绪馀」的笔记条录，其成书在元至治二年（一三二二）。

刑统赋解

今佚。见《（康熙）休宁府志》卷八《通考·书目》著录。据《朱集》卷三《刑统赋解序》，知其成书于元至元三年（一三三七）。

尚书旁注

存。据《朱集》卷三《大学中庸旁注序》，知此书始撰于元至正四年（一三四四），成于至正五年。流传于世者，主要有明初内府刻二卷本（北京图书馆、复旦大学图书馆、南京图书馆有藏）；六卷本（《明史·艺文志》、《钦定续文献通考·经籍考》、《四库提要·经部书类存目》著录）及不分卷本，均未见有藏家。

诗经旁注

存。始撰于元至正四年（一三四四）。《朱集》卷三《大学中庸旁注序》称：「前年（至正四年）读书郡城紫阳祠，始为诸生作《书旁注》，……既而又命诸生用其义例，旁注《诗经》，未克成。」知其书系由朱升指导学生合撰。上海图书馆、北京图书馆藏有元刻四卷本。《明史·艺文志》卷一著录有「朱升《诗旁注》八卷」，殆系后之翻刻者倍扩而成。

大学中庸旁注

今佚。见明程敏政《新安文献志》卷七六所载《朱学士升传》著录；又，《（康熙）休宁县志》卷八《通考·书目》总括著录「五经四书旁注」。据《朱集》卷三《大学中庸旁注序》，知其书成于元至正六年(一三四六)。

地理阴阳五行书

今佚。其书未见于诸家书目著录，刊刻与否无考。据《朱集》卷三《地理阴阳五行书序》，知其成书于元至正九年(一三四九)。

书传补正

今佚。《明史·艺文志》卷一经类著录：「朱升《书传补正辅(辑)注》一卷。」明王圻《续文献通考·经籍考》著录：《书传补正辑注》，学士朱升撰。升，休宁人。」据《朱集》卷三《书传补正序》，知是书乃约取《书传辑》补缺正讹而成，与《书传辑》并行。成书于元至正十一年(一三五〇)。

论语孟子旁注

今佚。见《朱学士升传》著录；又，《(康熙)休宁县志》卷八《通考·书目》总括著录「五经四书旁注」。据《朱集》卷三《论语孟子旁注序》，知此书成于元至正十一年(一三五一)任池州路儒学学正任上。

仪礼旁注　周官旁注

今佚。见《朱学士升传》著录；又，《(康熙)休宁县志》卷八《通考·书目》总括著录「五经四书旁注」。《朱集》卷三《论语孟子旁注序》称：「今年(至正十一年)稚子同学《仪礼》、《周官》二书，不胜讲授之烦，亦既为之旁注矣。」知其成书于至正十一年（一三五一）。

小四书

存。据《朱集》卷四《小四书序》，知此书纂辑于元至正二十年（一三六〇）。书凡四种五卷：宋方逢辰《名物蒙求》一卷、宋程若庸《性理字训》一卷、元陈栎《历代蒙求》一卷、宋黄继善《史学提要》二卷。存世版本达十种之多（参见阳海清《中国丛书综录补正》）。

类选五言小诗

今佚。《钦定续文献通考·经籍考》、《四库提要》卷一九一集部总集类存目著录均称《枫林类选小诗》。《提要》谓此书「皆录绝句，始于汉魏，终于晚唐，分三十八体。……分类颇为琐屑，有似于《瀛奎律髓》」。据《朱集》卷三《类选五言小诗序》，知其书成于元至正二十二年（一三六二）。

孙子旁注序

今佚。见《朱学士升传》著录。据《朱集》卷三《孙子旁注序》，知此书成于明洪武三年（一三七〇）。

周易旁注

存。此书成书年代不可确考。因辗转翻刻，各家书目所记书名，卷数不一，主要有：《周易旁注前图》二卷（北京图书馆藏）；《周易旁注》七卷附《前图》二卷（安徽省馆及中山大学有藏）；《周易旁注》十卷《前图》二卷（《明史·艺文志》卷一经类著录，安徽省博物馆藏明刻本）；《周易旁注》二卷《前图》二卷《卦传》十卷（首都图书馆、吉林师大图书馆藏有全帙）。

礼记旁注

今佚。见《朱学士升传》著录；又，《（康熙）休宁县志》卷八《通考·书目》总括著录「五经四书旁注」。

孝经小学旁注

此书见于《朱学士升传》、《（康熙）休宁县志》卷八《通考·书目》著录。徽州博物馆藏明末刻本「《合刻孝经小学》八卷」，疑即此书。俟考。

道德经旁注

今佚。见《朱学士升传》著录。

小学名数

今佚。见《朱学士升传》及《（康熙）休宁县志》卷八《通考·书目》著录。

葬书内外杂传

今佚。见《朱学士升传》及《（康熙）休宁县志》卷八《通考·书目》著录。

医家诸书

今佚。见《朱学士升传》著录。

朱枫林集是朱升的诗文合集。其书自刊刻以来，有两个系统的版本：

一是十二卷本系统。《明史·艺文志》著录：「朱升《枫林集》十二卷。」清陈田《明诗纪事》亦谓升有「《枫林集》十二卷」。但这个十二卷本，今不见于公私藏家著录，存佚未知。据有同志说，他曾亲眼见过「明黑口本」的《朱枫林集》〔二七〕，依版刻特征，当系明初刊刻的十二卷本。

二是十卷本系统。这有三种不同版本：其一，明景泰七年（一四五六）朱升门人程富（字好礼，号冰月道人，歙县人）编辑的文集十卷本，这个本子系据朱升曾孙朱显家藏文稿诠次成编的，其体例为「首圣旨及公卿诗文，次公撰庙谟及经书序跋」〔二八〕，不包括朱升本人的诗作，故名为《枫林文集》。其二，明万历四十四年（一六一六）范涞校订的诗文合集本。其三，民国二十三年（一九三四）柳诒征先生主编的《江苏省立国学图书馆总目》卷三十四《集部·别集类》著录的清初刻《朱枫林集》十卷，当时已列为馆藏乙类善本。然据新近编纂的《全国古籍善本书目》，国内仅存万历本一种，藏于少数大型图书馆中。

万历本《朱枫林集》，系由朱升五世裔孙朱时新「阅辑」，朱时登「参阅」，范涞校订的。书名页原有「新安理学名儒朱枫林集」醒目大字，并署「歙县朱府藏板」，序末署「黄伯符刻，黄仲升书」。显然是出自黄姓名刻工之手的家刻本。校订者范涞字原易，号晞阳，休宁人，万历二年（一五七四）进士，官至福建左布政使，系朱升弟子范准（字平仲，号云溪）的后裔。范序云：

「今岁暮春过榆村，乃偕程氏姻友由深麓逶迤三十里抵石门，会其裔孙时新甫、时登甫、庆臣甫，因获展拜先生遗象，阅所藏谱画图籍，挹芳撷华，师资自幸。」当时「图书刊板或朽或失」，朱时新「即寄来先生诗文暨礼侍公（朱同）《覆瓿稿》」，属范氏校订，一并付梓。由于「先生之子礼部侍郎大同公遭诬罪，又五世独传如线，翰墨散落于亲故者仅如晨星」，故「兹集诗文若干卷，皆著述之绪馀，存十一于千百云尔」〔二九〕。

万历十卷本的编纂体例是：卷一诰、诏、御翰、御洒、代玉言、表笺；卷二赋；卷三序、跋（多为著述序跋）；卷四序（多为酬赠序）；卷五七言古诗、五言古诗、七言律诗、五言律诗、七言绝句；卷六策、记、说；卷七颂、赞、铭、书简、讲义；卷八墓志、祭文、哀辞、补遗；卷九传、像赞、翼运绩略；卷十附录（为友朋投赠诗文，门人纪念文字）。这个编例较之景泰本不尽相同，而文集篇目的多寡则无从知晓了。

清修《四库全书》没有收入本书，仅在《提要》中列为存目，且颇多微词（参见本书附录二），认为「统观全集，文章乃非所长；诗学《击壤集》而不成，颇近鄙俚」（《提要》卷一九五集部别集类存目二）。但以今天的眼光来看，《朱枫林集》不失为一部有着较高的史料价值的著作。它不仅是我们研究和了解朱升本人生平经历、思想著述的第一手资料；更重要的是，作为明代创基立国的主要参与者之一，朱升以亲身见闻记录了元明易代之际政治、经济，特别是军事斗争方面的许多史实，其中有不少为《明实录》、《明史》、《明通鉴》一类公私著述所不载（如所记至正二十二年朱元璋与陈友谅之间的鄱阳湖之战即是一例），这些材料对研究元明之际的历史有较高的参考价值；同时，朱氏作为新安理学的主要传人和著名「乡贤」，他的著作对研究理学发展史和徽州的历史文化、人情风俗，也是不可多得的重要文献。

最后对本书的整理情况作几点说明：

一、《朱枫林集》今仅有明万历四十四年（一六一六）朱氏家刻本传世，此次整理即以万历本为底本，校以散见于《新安文献志》、《皇明文衡》、《皇明经世文编》、《明诗纪事》以及徽州、休宁两地府、县志书所载单篇诗文。

二、本书注释内容，主要以徽州本地人文为限，一般仅作资料性注释，重在指明资料出处。

三、原本《朱枫林集》除范涞序按「安徽古籍丛书」统一体例移作附录外，其馀编次均不作改动，以保持原集面貌。新增集外佚文五篇，并附录原集之外的主要传记、事迹编年等资料，供研究者参考。

四、原集文稿中文字错误或倒置之处，根据具体情况，或径改，或以〔 〕注明，或出校记说明。

本书在整理过程中，得到诸多师友帮助，谨在此一并致谢。

刘尚恒

一九八六年初稿于安徽师大
一九九〇年六月重订于津门

〔一〕、〔一一〕、〔二〇〕、〔二五〕、〔二六〕均见明程敏政《新安文献志》卷七六《行实·勋贤》。

〔二〕明王崇《嘉靖）池州府志》卷六《官秩·名宦》。

〔三〕《朱枫林集》（下简称《朱集》）卷一《翰林学士朱升诰》。

〔四〕、〔二八〕《朱集》卷十《程好礼集枫林文集序》。

〔五〕《朱集》卷一《免朝谒手诏》。

〔六〕、〔七〕《朱集》卷一《翰林学士兼东阁学士朱升诰》。

〔八〕《朱集》卷一《翰林院侍讲学士朱升诰》。

〔九〕、〔一〇〕、〔一八〕、〔一九〕、〔二二〕《朱集》卷九《翼运绩略》。

〔一二〕《朱集》卷十《陶安赠归新安诗》。

〔一三〕《宋元学案》卷七十《沧州诸儒学案》。

〔一四〕《朱集》卷二《贺平浙江赋》。

〔一五〕、〔二一〕《朱集》卷五《赋梅花初月酬汪古义诸公》。

〔一六〕《宋元学案》卷八十九《介轩学案》。

〔一七〕赵吉士《寄园寄所寄》卷十《泛舟寄·新安理学》。

〔二三〕《朱集》卷三《大学中庸旁注序》。

〔二四〕《朱集》卷三《易经旁注前图序》。

〔二七〕王春瑜《论朱升》（《学术月刊》一九八〇年第九期）。

〔二九〕本书附录范涞《明儒学士朱枫林先生集序》。

朱枫林集卷一

诰

翰林院侍讲学士朱升诰　陶主敬行词〔一〕

奉天承运吴王圣旨：朕惟洙泗集群圣之大成，新安为文公之阙里，先后相望，斯文盛昌。况新安之有人，与前贤而同氏，允为博古通今之士，耆年硕望之英。是宜备顾问于内廷，参密命于翰苑。兹为华要，用宠师儒。朱升趋锵礼法之场，超卓传注之表；群经独得其趣，诸子莫遁其情；网罗百家，驰聘千古；自其潜心积虑，至于皓首苍颜，用功勤矣。朕自开基以来，岁每征聘。戋戋束帛，为矜式于国中；青青子衿，来英才于馆下。议礼作乐，郊庙所资；修己及人，国家所尚。擢登玉署，侍讲彤闱。凤池兼掌乎丝纶，麟史仍参于笔削。天地交泰，有资赞翊之功；云汉昭回，共致文明之治。可翰林侍讲学士、中顺大夫、知制诰、同修国史，宜令朱升准此。

吴元年（按：元至正二十七年，一三六七）四月　御宝　日

翰林院学士兼东阁学士朱升诰

奉天承运皇帝圣旨：咨尔前侍讲学士朱升，才佐帝业，学本国师；文注子经，武贯韬略。眷我同宗之老，实为耆哲之英。掌丝纶王言益大，秉笔削麟史至公。翰林文宗，重冠文臣之选任；黄阁民极，尤简耆旧之纶宣。领此兼官，锡以新命。可翰林院学士兼东阁学士、嘉议大夫、知制诰、兼修国史，宜令朱升准此。

洪武元年（按：一三六八）二月　御宝　日

诏

免朝谒手诏

朕闻谋臣委以心腹，宜其知无不言。尔朱升新安师儒，怀抱著述。及有元失驭，群雄扰攘。岁次丙申（按：元至正十六年，一三五六），朕造基金陵，他[尔]非智者朝东趋而暮西往，孰知适从？未几兵会新安，尔察历数，观天文，择主就聘，首陈三策，朕实嘉行。新安款降，不俟兵刃；四方之士，杖策来从，皆卿齿德俱尊倡之也。每奉征聘，即弃家从朕亲率六军，东征婺州、诸暨、处州、巫子门、洋子江诸砦，俘获龙江；西伐铜陵、江州、洪都、武昌、安庆；北援寿春、金斗；南服瑶蛮；著言趋吉避凶，往无不克。卫余难于禁江口，尔宁不顾己躯；足兵饷于鄱阳湖，众跃声震天地。及收抚伪汉黎庶，擒逆张，取中原，谋猷多中，岂非知无不言，言无不验者乎！岂非受委心腹，辅运名世者乎！爵尔官，居宥密，制画丛脞〔二〕，年迈心神俱劳，特免尔朝。於戏！太公韬略兴周室，方叔功名照汗青。懋尔前勋，同盟勋册，称朕至意，毋怠永臧。

吴元年（按：元至正二十七年，一三六七）十一月二十日赐臣升。

御翰

赐朱升诏书

御讳顿首奉书允升宗长阁下：去冬宗长蓍伐婺州，得贞屯悔豫卦，云：「此主公得天下之象也。昔晋公子重耳得此卦而复国，今伐婺州便得。」果然。岂非天诱丹衷，使愚得天下益坚，诸将一心以辅佐欤？何得婺州之前知也。乃议进兵处州，蓍得复卦二爻，有变占云：「直候十一月阳生阴消，其城可得。」蒙教据守，阅九个月矣。愚欲亲往观兵，值江北报急，今特差人赍书诣请，刻来议决大事，万勿迟误，幸甚。前八月五日已遣人奉达左右，烦访山中有精天文著数者，邀请同来，可再致意，肯同宗长来佐相助者，必以佳宾右之。唯亮察不具。

御洒

楼额四字

梅花初月

代玉言

中书左丞相李善长兼太子少师封宣国公诰〔三〕

君臣际遇，方当开创之初；辅弼尊荣，在得勋庸之旧。以掌邦治，以亮天工。矧朕股肱之资，重此钧衡之任，弘扬大诰，昭布明廷。中书左丞相李善长柱石良材，国家宿望。曩于举义之始，即推佐命之诚；军幕奇谋，鼓舞风云。于淮甸省垣综理，收藏图籍；于京师出入戴星，精诚贯日。礼乐刑政，悉总其纲维；钱谷甲兵，必经于筹画。意气浮于将帅，惠爱被于黔黎。当余亲征之秋，居中控镇；及余治国之际，遇事敷陈。华发丹心，其勤劳如一日；清风黄阁，能仪表于百寮〔四〕。金鼎调元，斡熙和于世运〔五〕；青宫养德，取法则于师模。领此兼官，加其封国。於戏！汉廷命相，萧何在曹参之前；唐室纪功，玄龄居李靖之上。益恢远治，以副至怀。可授银青荣禄大夫、上柱国、录军国重事、左丞相、兼太子少师，封宣国公。

中书右丞相徐达兼太子少傅封信国公诰〔六〕

命将出师〔七〕，立兴王之大业；建邦启土，资佐运之功臣。仗斧钺而成显功；秉钧衡而居右揆〔八〕。才为异等，赏亦非常，孚告明廷〔九〕，诞宣纶綍。中书右丞相徐达刚资英杰，远量深雄。岩岩山岳之崇，矫矫虎貔之猛。从余起兵于濠上，先存捧日之心；逮兹定鼎于江南，遂作擎天之柱。气冠万人而无敌，拔帜摧城；威行四境以推恩，抚民安堵。牙旗指顾，淮海风清；雷鼓铿锵，湖湘率服。西连巴蜀，东际溟洋。有征则总水陆之军戎，所向则收郡邑之图籍。削平二强国，古之名将何以加？辛勤十馀年，吾之封疆由此定。奏苏湖之捷，俘臣主而归。允为元勋，宜膺上爵。尊荣相府，仍加开国之褒；辅导储宫，尤重兼官之选。於戏！太公韬略，当强一统之规；邓禹功名，特列诸侯之表。用颁宠渥，尚克钦承，可授银青荣禄大夫、上柱国、录军国重事、中书右丞相、兼太子少傅，封信国公。

中书平章常遇春兼太子少保封鄂国公诰〔一○〕

德创皇图〔一一〕，期遂安民之志；武定天下，实资开国之臣。古昔盛时，事皆如此。英雄奋发，本匪偶然。适当逐鹿之秋，乃得如虎之将；作朕心膂，为国爪牙。爰建奇大之勋，宜考崇加之典。任人唯旧，与治同新。中书平章军国重事常遇春，知周而量弘，才沉而气锐。毓兹瑞器，韫辉光于里中；建我义旗，从飞渡于江左。栉风沐雨，擐甲挥戈；身经百战之劳，勇却万夫之敌。侍帷幄而决胜千里，仗麾钺而宣力四方；施号令惟加谨严，与士卒则同甘苦。威名服众，武略超群。方朕夷夏之经营，托尔中外之赞翼〔一二〕。鱼得水以相济，云从龙而上升。戡定江西，战必胜而攻必取；廓清淮右，老者安而少者怀。及大战于鄱阳，暨鏖兵于赤壁；取强陈如电扫，驰羽檄而星奔。况旧馆之蜂屯既除，而姑苏之兔窟皆破；矢石如雨，登坚城而不惊；玉帛如山，禁秋毫而不犯。可谓冯异功不小于邓禹，潘美义无忝于曹彬。计其勋庸，尤当恩锡。燮调金鼎，保辅青宫。命乎中书之辨章，升以上公之兼职。於戏！惟尔若股肱之戴元首〔一三〕，若舟楫之济巨川；日月旂常，纪崇勋于光大；山河带砺，誓积世于久长。可授银青荣禄大夫、上柱国、中书平章军国重事兼太子少保，封鄂国公。

浙江行中书省平章政事朱文忠诰

惟天惟祖宗相佑我国家，朕起自田野，克成大业，肆于小子文忠在兹浙土。浙之为省，左江右湖，地大物繁，其民工巧，其习侈靡。朕以俭朴为天下先，庶几维风易俗〔一四〕，俾守此土，莅此民者明知。朕意以尔文忠仁而有勇，国之懿亲。乃者守金华，戍严陵，塞乌龙之隘，扫苗獠之群，长驱邻国之境，浙江之平，与有劳焉。朕嘉其能，于是寄以方面，委以腹心，位至辨章，权兼将相，任亦重矣。於戏！尔克俭，谁敢复奢？尔克勤，谁敢复怠？尔克正，路敢复颇？慎厥身，裕厥职，余则汝嘉。

御史大夫兼太子谕德邓愈诰〔一五〕

开国之初，必藉威武英明之士，廓展疆土，佐兴大业。使居台辅，则可以作朕股肱；任宪台〔一六〕，则可以作朕耳目。是用选兹，勋德登于清要〔一七〕。邓愈起身虹邑，协力辕门，阵法合乎韬钤，射艺精于彀率。佐余兴运，嘉尔策勋。由淮、泗以从征，历滁、和而扈跸。江流飞渡，姑孰慰云霓之思；水栅扫平，建业恢龙虎之胜。驻戎麾于京口，开帅阃于桐川。克敌宣城，长枪闻风而慑服；抚安歙郡，蠢苗犯顺而就擒。蹂浙西以固封疆，拓鄱阳而资保障。顷颁殊渥，任至辨章。素怀彰善瘅恶之才，宜膺绳愆纠缪之职。兼佐储副，联肃朝班。於戏！延揽英雄，光武纳邓侯之策；激扬清浊，太宗善王珪之能。免企前修，期臻至治。

太史令刘基诰

帝王膺历数于天，顺时令以颁政教，建宫择人，宜莫先焉。昔在唐帝，乃合羲和。三代太史之职，察天文，纪时政。占候，纪载，同出一官；推天合人，古之道也。当斯之任者，实在通儒。刘基学贯天人，资兼文武，少壮之年，策名科甲。扰攘之际，控驭一方。逮从朕游，首陈远略。为邦之本末，用武之后先，尔能言之，朕能审尔用之，式克至于今日。诸所建明，一存成效。太史之事，盖所优为。是用因其旧官，锡以新命。尔用协五纪，允厘百工。勖耆德，纳嘉猷，以副钦天图治之心，则余以怿。

翰林院学士陶安诰〔一八〕

盖闻国家之立也，必有一心之臣，尊戴而光辅之，张其纪纲，植其仪表，正其名号，善其辞令，展基图之大，弘功业而昌之者，其弥逢先后之力焉〔一九〕。朕之初渡江也，江南之士，杖策谒军门者陶安，实于今十有三年矣。宣号令，则军民信；提案牍，则要领成。牧民而民安，治吏而吏服。陈列之词无愧，出纳之命惟允。虽艰难繁剧，一不动其心，惟尊戴光辅之为务，可不谓一心乎？迩者，开翰苑以崇文治，立学士以冠儒臣。重道报功，颁兹新命。尚论思以紬诸己，献纳以成其君。章明世教，润色皇猷。朕惟汝嘉，式登永誉。

翰林直学士范常诰

运祚之兴，惟天所命；君臣际合，岂伊人为？往者，克滁之师，朕未尝敢侥倖于胜也。汝常能体此意，为之陈辞，俟命于天，此心德之同，遇合之始。越既济江，宣劳且久；任都司而事集，职牧守而民安，班朝仪而礼肃；贞直之心，可谓终始无间矣。翰苑初入，锡之恩命，以答其勤。尚其守尔初心，励于晚节，无负倚任，亦永有嘉。

中书断事秦中诰

朕闻雍熙之间，刑宪用中；明决之才，举措得义。秦中环瑶美质，簪笏名家；勤读律而读书，兼善谋而善断。始参侍卫，称君子成德之名；继典京城，著重门击柝之绩。矧中书政令之所出，实率土讼狱之所归；庸升秩于理官，尚奉行于国籍。尔其无偏无党，权夫轻重之宜；以简以宽，体余钦恤之念。

天策卫指挥副使陈德诰

敷文德者，必先师旅之用；奋武卫者，能致畿甸之安；自古已然，于今所法。陈德刚健足倚，奋发敢为，粤从总角之年，已抱攀鳞之志。自和阳之辟地，即效骏奔；逮建业之定基，屡推胆勇。从征京口，竭力毘陵。长万夫于广德，安百姓于边方。今则擢自豹韬，升居天策，尔其乃心王室，允副神京。巩如磐石之安，茂尔旂常之绩。

广武卫指挥使至臻诰

庶邦之怀德畏威，率由群力；列爵而论功行赏，简在朕心。爰锡宠荣，用彰材杰。至臻甲兵奇士，骑射雄才。虽托迹于上江，未酬素志；乃倾心而内助，冀阐雄图。历试天策凤翔，命典神京虎旅。人服其勇，国赖其威。东征西伐之必从，左櫜右鞬之克壮。昔副神京之卫，今擢广武之阶。念其成功，锡兹宠渥。旌旄导从，尔其总出入之威；疆圉经营，尔无忘恢拓之志。

广武卫指挥副使赵彬诰

天佑国家，既宏开于疆圉；兵严府卫，宜纶选于才能。图用旧人，明扬新命。赵彬英资出众，猛气凌云。佐工室之建基，知将门之有子。执锐必先于部伍，怀才无忝于父兄。和阳出师，天堑乘风而飞渡，江南饮马，與图指日以来归。肇迹太平之首功，袭爵秦淮之师阃。千夫让勇，百战策勋。擢升广武之阶，俾副指挥之任。三军耀武，务严翼卫于京畿；万里扬威，期著勋名于竹帛。

下邳守御千户杨春诰

下邳之为地也，前临大河，后据平陆；实南北之襟喉，守御之至要。领此之职，必勇而有功者，乃足以与其选焉。杨春早自束发，志在从戎。下京口而克宣城，取毘陵而扼□水〔二〇〕，平定池阳，无役不与。爰念奇绩，俾冠选锋。至若敌垒临于□阳〔二一〕，暴兵至于龙江，尔皆奋驰突之威，振凯旋之捷。及大举以平湖广，且能策应大将，夺其艅航，俘其卒伍，由是鄂渚以清，其功皆可奖矣。爰加宠命，升长千兵，以镇要冲。尔其训练所部，严明纪律，更策奇勋，以承宠渥。

下邳守御千户张实诰

夫将校之任边陲者，贵乎蓄锐养威，而料敌制胜；然必习知地利，素服人心，斯足以当吾之委寄也。张实奋身徐土，戍兵下邳，固有年矣。归我义旗，渡江而南；佐我相臣，克平赣郡。授以百夫之长，参为骠旗之兵。由是赞捷于海阳，宣力于秦邮；遂升千户之阶，聿从下邳之戍。顷者追寇月河，以遏剽掠，纳降献附，俘馘之功，尤可嘉赏。非习地利以服人心，能若是乎？纶命之锡，实为尔荣。其益慎固封疆，振励戎麾。共建中原之勋，以承异等之擢。

下邳守御千户张某诰

朕以威武戡定海内，义声所及，智者献其谋，勇者效其力，于尔有功之士，必加重任焉。张某年岁方刚，志气骁壮，汉川之英也。自隶我师，每从大将，能驰劲骑，勇赴敌锋；攻战之间，所向皆克。当授武职，以旌其锐。及平淮海，升长千兵，于淮安之卫，移戍下邳。夫下邳在大海之滨，控河北边，任为最重。尔其慎厥职，以守则严律而待，以攻则整队而征。益其奋励之勤，以承优渥之宠。

浙江省郎中余某诰

经纶一省，纲纪诸司，此在郎官之职也。自浙江归附，即命重臣，以膺方面之寄。而都司之选，苟非德望俱优者，不得与焉。余某雅有大猷，兼通书律；莅官执法，绰有能声；作椽省垣，多所裨益。既而式政池阳〔二〕，出守秋浦，政成民悦，朕甚嘉之，爰设郎署，用佐浙省。且浙土沃衍而民物繁夥，茧丝鱼盐之科，为东南最。尔其从公守正，无替钦承，上有以副国家之倚赖，下有以慰黎民之具瞻，则余汝怿。

兵马指挥使丁某诰

京城为人物之渊，王室密迩；夷狄所辐辏之地，法制谨严。必资明敏之才，乃胜干城之任。丁某奋身淮右，效力江南，入居侍卫之班，出参骑从之列。抑强不畏，见义必为。克推尽己之忠，能察秋毫之末。擢升兵马，任典阛阓。於戏！万国会同，我既有同文同轨之治；四门既辟，尔其谨异言异服之司。

太医院同知葛景诰

王政以推恩为始，民情以欲安为难。宜广仁心，同跻寿域。葛景学通气运，术究岐黄。粤从开国之初，即在从戎之列。济人利物，每资肘后之方；扶倾救危，屡奏军前之效。调虚实起居之节，识君臣佐使之宜。功著当时，名扬众论。始为群医之长，继迁少监之阶。今擢署于同知，俾周旋于内府。尔尚克备笼中之物，具收天下之材，惟暨乃寮，共赞惠民之治；达为良相，勿忘苦口之言。

封赠御史大夫邓愈三代诰

盖闻先世有善，福垂子孙。惟其积之久，是以发之弘也。御史大夫邓愈曾祖邓某，虹邑成家〔二三〕，存心仁厚，安分田里，允为善人。至于三世之后，笃生贤俊，奋迹于师旅，策勋于国家。兹当基业之成，爰举追封之典。去世虽远，承此宠光。

家道之兴，良由内助。况其贤美有素，宜乎能大其后，此理之自然也。御史大夫邓愈曾祖母孟氏，夙禀淑资，昔称善配，传及曾孙，遂为硕辅。以武功而佐王业，以直道而正宪纲。惟其所由，宜加荣渥。

夫传家之道，在乎贻厥孙谋，故能衍其庆于悠久也。人而能此，虽在身后，亦有可褒。御史大夫邓愈祖父邓某，以循理为务，不求知于时。乃有贤俊，因时而出，作朕耳目股肱之寄。方兹景运维新，沛恩宜布，爵以上公，用贲九京。

朕惟妇道具全于中闾，孙谋能淑于后人，贻此令名，以昭于世。御史大夫邓愈祖母戚氏，早赋厚德，作配庆门。惟兹泗水之清源，遂成濠上之华族。其孙奋勇，为国建功，仕已历于省台，恩宜推于祖妣。时颁新綍，以耀幽泉。

朕举兵濠上，拓地淮泗，英武之才，乘时云集。时则有若邓顺与者，式典戎兵，气雄心锐，以身殉国，功在王家。朕追念旧人，每图荣报。幸其有子能继父志，勋庸既显，阀阅益光。赠以台辅之尊，爵以上公之贵。尔虽早世，而名誉素加，垂之永久而有余矣。

为人子者，皆存笃爱之心；有国家者，尤重推恩之典。何况义方之教，致有大功于当时者哉！御史大夫邓愈母张氏，禀质端淳，居家雍穆，其良人宣劳于开国之始，其英嗣佐命于文武之司。妇范既多，母仪尤著。涣颁鸾诰，新除封国之荣；增重鱼轩，益介庸祺之福。朕闻妇从夫爵，《礼》经所著；辅佐君子，《诗》意亦昭。惟吾勋臣，有兹良配；稽之令典，宜锡荣封。

御史大夫邓愈妻某氏，性禀循良，躬引勤俭，事姑备甘苦之道，相夫得警戒之宜。凡朕廓清疆宇，成此丕基；尔之良人，每有勋绩。恩加中馈，义所当然。

表笺

贺太祖登极表

伏以道协乾坤，履至尊于正统；福均宗社，会大礼以同辰。三纲举于一人之身，百祀包乎两间之域。天地交泰，神人以和。臣升诚欢诚忭，稽首顿首，钦惟皇帝陛下尧德钦明，汤功圣武。就郊坛而即位，显然受命之真；拜宗社以追尊，允矣仁亲之教。既立社曰大社，乃临朝而受朝。王假为家，端母仪于正闱；帝出乎震，定主器于东宫。备内治之仪文，展外攘之事业。辉生简册，欢动陬隅。臣升幸际风云之会，得依日月之光。礼者殊事，乐者异文，盛典庆成于一日；德为圣人，尊为天子，皇图永固于万年。臣升无任欣跃之至，谨奉表称贺以闻。

贺中宫笺

伏以邑姜名列于治臣，辅成周武；马后号尊于明德，卓冠炎刘。兹正位于坤仪，实开光于泰运。臣升诚欢诚忭，稽首顿首。敬惟中宫殿下，贤明懿质，兹淑徽音。《卷耳》忧勤，乾君登于大宝；《螽斯》绳蛰，震子主乎东宫。三礼庆成，万邦来贺。惟愿柔顺承天，仰风云于大造；安贞应地，镇海宇于皇基。臣升不胜欣忭之至，谨奉笺称贺以闻。

贺东宫笺

伏以先天以乾为尊，君父居乎上位；后天以震为首，长男出乎东方。发造化之机缄，阐皇家之典礼。臣升诚欢诚忭，稽首顿首。敬惟皇太子殿下，英资明达，至性温纯。爱敬尊亲，数问安于内御；讲行圣道，一受教于儒宗。册宝辉煌，臣民庆愿。臣升官曹密迩，期望深长。丽正重明，法天行于地外；抚军监国，缵帝子于江东。无任欢欣庆幸之至，谨奉笺称贺以闻。

校注

〔一〕陶主敬即陶安。陶安字主敬，当涂（今属安徽）人。从耆儒李习游。元至正中举乡荐。授明道书院山长。朱元璋渡江，陶安与李习率父老出迎，元璋善之，留为幕府。洪武初命知制诰，兼修国史。有《陶学士文集》。《明史》有传。

〔二〕「胜」原作「错」，据《新安文献志》卷二《辞命》改。

〔三〕李善长，字百室，定远（今属安徽）人，一说原籍歙县，佐明太祖定天下，功封韩国公，后坐胡惟庸党。《明史》有传。

〔四〕《新安文献志》卷二《辞命》「仪表」作「表仪」。

〔五〕「斡」原作「幹」。据《新安文献志》卷二《辞命》改。

〔六〕徐达字天德，濠人。初为郭子兴部将，后归朱元璋，征略四方，封魏国公。

〔七〕《新安文献志》卷二《辞命》「师」作「帅」。

〔八〕《新安文献志》卷二《辞命》「居」作「宅」。

〔九〕《新安文献志》卷二《辞命》「明廷」作「朝廷」。

〔一〇〕《新安文献志》卷二《辞命》题作《中书平章军国重事常遇春兼太子少保封鄂国公诰》。常遇春字伯仁，怀远人。从朱元璋征讨南北，战功显赫。《明史》有传。

〔一一〕《新安文献志》卷二《辞命》作「朕闻德创皇图」。

〔一二〕《新安文献志》卷二《辞命》「赞翼」作「翊赞」。

〔一三〕《新安文献志》卷二《辞命》无「惟尔」二字。

〔一四〕《新安文献志》卷二《辞命》作「移风易俗」。

〔一五〕邓愈本名友德，朱元璋赐今名，虹县人。佐元璋定天下，以善战著称，封卫国公。《明史》有传。

〔一六〕《新安文献志》卷二《辞命》「任」作「司」。

〔一七〕《新安文献志》卷三《辞命》「清要」作「要清」。

〔一八〕《新安文献志》卷二《辞命》题作《翰林学士陶安诰》。

〔一九〕《新安文献志》卷二《辞命》作「以著其弥缝先后之力焉」。

〔二〇〕原缺一字。

[二一]原缺一字。

[二二]原缺「池」字。

[二三]「虹邑」，原作「虹色」，误。

朱枫林集卷二

赋

贺平浙江赋并序

钟五行之秀者为人，吾同胞也，奚有华夷之分，内中国而外四夷也？唯中国尽其性而修其行也，夷狄戕其性而亏其行也，与禽兽奚择焉？此所以严华夷之辨，天必眷中国而子之，远夷狄而外之也。元主中国，天厌之久矣。有大圣人焉，则天必命之以为亿兆之君，而我吴王应运兴焉。渡江而南，定鼎金陵，整义兵，揽英杰，分取江淮城邑，所向无不克捷。至正戊戌年（按：十八年，一三五八）三月，进兵江浙。本年秋冬，浙东城邑渐次而降。至丙午年（按：至正二十六年，一三六六）冬十一月，尽有浙西之地。今年丁未（按：二十七年，一三六七）秋，再取浙东诸路，于是浙江版籍，尽输入于建康矣。驱胡虏而复圣域，变左衽而为衣冠，再造之功，于是为大。自开辟以来，帝王之兴，未有盛焉者也。臣朱升欣忭赋曰：

繄东南之故墟，维浙江之巨泽。领百川而朝宗，恍汪洋之莫极。为武林之渊薮，实湖山之胜迹。吐雾雨兮吸烟云，浮乾坤兮浴日月。盖其形势涣漫，风景苍茫，上映天目，下镇钱塘，漫漫烟水之国，簇簇闾阎之乡，云帆风缆之所集，蛟龙鱼鳖之所藏。西湖映带，十里荷香。泛兰舟兮玩赏，鸣箫鼓兮徜徉。千艘万舶，商贾连樯，货财之富，甲于四方。

尔乃海门向曙，红日初辉，湖神鼓勇，鲸波扬威。或浩荡以澎湃，或澄涵而茫弥，或晴辉霁月之流丽，或豚风蜃雨之冥迷，或厉雷劈山而震怒，或千军衔枚而疾驰，或雪山之势屹，或霜练而光披，千态万状，而莫测其机。

当其烟横碧渚，日暮苍洲，仙俦巨灵，于斯遨游。鼓瑟铿锵，写幽怨于神女，钧天缥缈，奏仙乐于丹丘。风月双清，白雁与飞鸿共唳，水天一色，落霞并孤鹜同游。彼有烟雨下春涛之筏，风帆送醝滷之舟。尔营营兮何知？亦身世之悠悠。

嗟夫！桑田海水，更变无休。胥也何憾？激怒气于潮头，鏐也何勇？射强弩于蜃楼，英雄何在？陈迹不侔。而此江之水，越千古犹滚滚以长流。身历兹土，心驰往古。奠我民居，实维神禹。当怀山襄陵之际，任手胼足胝之苦。及其地平而天成，于是考图而贡可数。商贾往来，货财所聚，为东南之都会，剩有资于天府。尝披方舆之书，而考江湖之所由。或以为元气之升降，或以为水月之盈虚，或以为海鳝之出入，是皆未有至论，而徒说之疏迂。况登高能赋，可为文夫，宜乎神游八极之表，而陋彼蠡测之区区也。

方今圣皇御极，明目达聪。海无惊涛，天无烈风。恢八紘于朔土，环四海于辟雍。臣朱升幸际风云佳会，窃附方于夔龙，钦进浙江之图籍，吐浩气于胸中。誓效智力以谋国，竭耿耿之丹衷。

贺制大成乐赋并序

岁丙午(按：至正二十六年，一三六六)夏四月，我今殿下肇基帝业，首兴文治，于武功之时，立学校，求遗书，追德报功，必先制吾夫子之庙乐，而名曰大成。则皇图巩固，安如泰山。臣朱升谨赋以对，扬休命于万年无疆云尔。赋曰：

繄闻乐而知德兮，可以等乎前王；领(颁)大成之鸿奏兮，仰圣德之无疆。道秘泄于马图兮，人文阐乎羲皇；法栽始而备具兮，焕伊祈之文章。周文武之继圣兮，监制作于夏商；遇贞元之会合兮，极治教之休明。我宣尼之挺生兮，当周德之方凉；法文武之无常师兮，复远宗乎虞唐。酌四代之礼乐兮，实万世之通行；仕止久速之时中兮，岂清任和之偏长？孟氏长于譬喻兮，曰集大成以赞扬；今为庙乐之嘉名兮，果声振之洋洋。

若乃初日发光，和风迴举；戟门既启，礼官以聚；列宫悬之簴，植崇牙之羽；瞻冕旒之在上，肃冠裳之配主。于是法人声，扬乐语。亶轻清之不滓，粤悠扬之如缕。想夫主之以黄钟，越之以南吕；瑟琴作于堂，笙镛间于下，振舞仪于肃翼，出洪声于钟簴；鼗鼓播击而相谐，埙篪倡和而得所，彼之独奏一音，自为始终；此之大成众乐，总其端绪。无亦金之宣而玉之收，奚啻合以柷而止以敔？所以闻其乐而知其德，盖有贤于尧舜，而不愧于韶舞者也。

圣君抚运，其命维新。拯救黎庶，文武圣神。东征而西夷怨，南伐而北狄嗔。丑虏远遁，響缨来宾。干戈未戢，圣教攸钦。举大成以崇嘉号，致祠祭而出丝纶。举兹盛典，感格人神。自兹而往，复神州于腥秽；洗尽胡尘，辟乾坤于再造。大宝即真，极天所覆。环四海而贡赋税，圣子神孙，亿万年而民犹亲。于是名称足以表实于万古，岂但乐舞所以配德于斯人夫！是以天地位，万物育，圣神治教，凡有心知嗜欲者，莫不尊亲；今圣前圣，此心同而此理均也。故曰：圣人会人物于一身，万象异形而同体；通古今于一息，百王异世而同神。臣朱升幸际五百昌期，而修大成之纶音。闻大成之庙乐，安得洗耳于九德之歌，拭目于九韶之舞，而接九成于紫宸。

前东园赋并序

《东园赋》者，泮乐游子朱升为悠山陈君作也。《诗》六义之赋，直陈其事而已。屈子以下，乃兼比兴之体而为赋。或寓言放辞以伸己意，而怨忿讽谕，卒归于正。扬子云曰：「诗人之赋，丽以则」是已。今所赋托事于紫阳之仙，借词于东园之神，以道所欲言者，窃自附于诗人之赋云。其辞曰：

紫阳散仙，风襟月怀，云容雪质。管领物华，神游八极。飞鸾翔其先后，应龙翼其背侧。藐仙姝之幢幢，拥羽仗之秩秩。倏冷然而万里，昧过都与越国。忽临睨夫旧乡，驻旌旗而一息。时则山灵朝，谷神见，尊者先，卑者殿，岩花色动，水鸟神变，莫不徼荣丐幸，兢渐角艳，希登名于仙录，以夸饰而矜炫。

尔乃有幅巾、藜杖、紫衣、方履，貌臞神王，外敬中惧，引其从十有二人，再拜稽首而言曰：「余悠山主人东园之神也。余主斯园三十其春，守护呵禁，夙夜维寅；主人于我，意重情亲。余督众美，效奇献珍；罔弗率职，以欣以勤；日吉辰良，侥际天真；敢列见而有请，维仙其鉴临焉。」

首有磊落清标，旷怀雅士，博带长袂，美髯高髻，越班而前曰：「余在天则为花月风雪，布万象而供四时；在人则为琴书棋画，消日永而涵天机；在物则为辰景之良美，心赏而事乐；在身则为全福厚禄，多积而期颐，所谓四美，而以名堂者即余也。」

继有修眉耸肩，圩顶老子，身闲一壑，视远千里，叙进而言曰：「余在东则为宝堆金涌，峙立丘园之左；在西则为云深紫逻，为丘园之右。堕北则后山之芨蘖，倖高风于诗老；南则瀛山之俨特，移佳名于仙岛。所谓环秀以名楼者，即我也。」

次有一人意气高深，虚明四达，万化森森，自谓中立之德，夐独占于花林，窃附醉翁之乐山水而得心。

次有一人性情闲远，专省于内，其心收敛，自谓反观之德，超群景而独擅；追想东平之风，亦家居而乐善。红裳蒸霞，嫣然淑女；钦袂来前，含羞不语；冀方瞳之一眄，欲献笑而犹豫；恍诸仙之欢逢，武陵源之相遇。脂脸醉日，彼美唐妃；翟茀以朝，春娇垂垂；维沼中之淡靖，号花仙其良宜；何由径之先及，乃睡足而未迟。芳馨美人，肌肤绰约，嗅有馡郁，华匪寂寞，谓沉檀之干枯，笑兰蕙之质弱；飘轻裾之一见，顿众芳之牢落。长春仙子，服丹涂脂，得春无尽，亘古为期。鄙桂菊之清苦，陋桃李之离披；整繁妆以行事，若媚软而莫支。

又次则有垂青之童，老苍之叟，佳实众悦，大材希有，兆和羹之远业，屈栋厦而盘秀，是为青子、岁寒之二神，邀云軿而顿首。末有奏赋逸才作相隐者，直方德厚，中虚潇洒；参园穹之清香，驾方湖之绿泻；去地即天，知畴高而畴下；脱陆斯水，又胡的而胡假；是为凌云、济川之二神，同输恭于风马。

于是列见云毕，诸神咸进，紫衣复前，再拜以请。惟真仙之罕值，愿物华之是整；乡来见之群灵，皆于余乎兢领。今也牒诉装主之怀，市朝淹主之影；以故浊褫清，情逾性；或接诗神，久违酒圣；芳华谁适而为容，神功漫属于妆景。且也众材空老也，美人迟暮也，主莫之省也，奈何哉！孤此明月举高霞映耶？大抵人生一世，百年为久；或立功与立言，比立德以不朽；次则得意尽欢，当歌对酒；网罗动植之奇，受用山川之秀；奏妙舞于琼筵，发孤唱于绣口；秉红烛以夜游，生翠阙于春昼；敛物之美，为我之有；以闲而趣，以怡而寿；其亦可也。

刿夫化物者，劳我以生，佚我以老；止足是遵，是名顺道。人最灵于万物，宜体认为参考。苟不能以有之，纷品汇其同槁。余欲乞灵，仗仙之造；与物为天，毋陈斯宝。失今不请，众美孰保？谓余不信，请视茂草。紫阳散仙于是顾令左右，具录斯语，辑之为赋，以告其主。延祐七年（按：一三二〇）苍龙庚甲五月三日，书于石门南窗寓馆。

后东园赋并序

余既为《东园赋》，寓言放词，自病其繁，不能使人一见心快，遂更为后赋。石门陈君悠然见山，即居之畔，辟兹东园；割乡井之广袤，聚卉木之繁植。于焉寄兴，于时言言；揽遥空之云雾，俯流水之潺湲。涉斯园，而富失其肆，贫解其挛；少者爱日，老者忘年；超乎世网之外，融乎化机之先；恍不知托身乎宇内，实寓目于斯园。泠泠兮胸臆虚明，罗万象而洒然者也。

若乃美观沓见，异状层出，遽而数旃，莫终其物。地生其圩，天施其巧；人因其质，制之无了。轩窗翠侍，楼环秀也；琴书清娱，堂四美也。香叶郁郁，柏岁寒也；佳实垂垂，梅青子也。花伴月圆，长春亭也；色蒸霞烂，武陵源也。香雪落杯，芳且馨也。嫣红夹径，花中仙也。有亭济舟，以利涉也；有台凌云，以临俯也。闲居生计，所乐者善也。虚棂搜纳，乐得之心也。一曲一景，献怪挺奇，纡萦迤逦，莫知所之。目应接而不暇，心游漾以忘归。斯园也，仙之所幻欤！人之所为欤！

余以谓方舆之景，何所蔑有？得而乐之，非善曷守。必有通神之财，则可以领佳而会秀；必有赏心之具，则可以朝歌而暮酒；又必有千堆锦之逸才，而后可以发斯景之清幽；又必有万金囿，集厥美以为赋。

主人才高行直，心妍貌古；人悦其贤，奸畏其武；奋自信而出类，余爱之而莫助；爰周览其东产之令裔，而后可以绵斯景之永久。或必鸣驺之入，束帛之贲，果不以外之伪易，内之真否耶？

南山道院赋

客有为言戴氏南山道院之状者，曰：此孝子廷芳所为其先考处士南山君之墓庐也[一]。孝子未生，而处士卒，孝子既长，资明而志远，善友而劬书，以为继述显扬，悉弗越子职外，惟思吾亲而弗获也，乃道院于墓左而游居焉[二]。吁！可哀也矣。

尝试适其墓，登高而望其山水矣。海阳之水发于张公山与歙岭，而东流者曰南港；其源于黟祈山，会见西北诸水而南者曰北港。二港之间，支龙蜿蜒，冈阜弥绵。二港之合，巀然为山。一山二名：曰由，曰响。如墙之岩，岌乎莫上，此山脉之老且尽而倔强焉者也。方其未老且尽也，磊磊落落，委委蛇蛇，天驷之驰坂，春流之扬波；及夫兀然而息，归尔而驻，呼吸而万象集，眄睐而四围固，是为处士南山之墓。

其为墓也，草蔚木乔，穴柔土刚；朝负大明之辉赫，夕面长庚之煌煌；陈于前，则烟阜衙列，稻畴弥漫，田水之流为沟，山水之流为涧；自前而左，趋南而东，以入于南港。水之所历，有枕水尾田之墩，曰鼓角墩；水之将会潴而为湖，游洋留顾，莫知所出，与响山相映。其桥曰湖山桥，凡此皆南山墓所之景象也。

所谓道院，在墓左侧，面向既同，景象亦一。山松舞风，池荷晚色，尘途竹树，一墙是隔。于是而登眺，于是而游息，凝神定虑，盖将有得若是者，子以为奚如？

余曰：嘻嘻，是殆大孝矣。孟子曰：「大孝终身慕父母。」夫为婴儿未有不慕亲者，哀与年衰，心逐形忘，学不至于人伦之至，不能为终身慕。父殁而子甫生，子长而父是慕，今于孝子见之，是殆大孝矣。若然，则流峙之环拱，景象之秀异，天所以妥处士之灵，而昌孝子之裔，吾将述子之辞，为南山道院之赋以美之。

客曰：未也，南山者，处士之字也，而有似于号称焉。墓之源曰遐富，适在海阳邑之南。道院之山在墓南，院之左，则轩窗敞辟，巨山远幛咸在焉。其颜曰悠然堂，适又在道院南，此道院之所以名也。

尝试登道院之堂而南望矣：平冈之外，山乏巨擘，联趾异顶，其名为隔。皇崔崔其在目，羌苍苍而当臬，耸终古之仪刑，粤挺立其不拔。嵸者、岑者、蜀者、峄者、岿者、乔者、礉者、矾者，如不律，如秃锥。曰鸡笼铁、叶降铁者，如海涛，如夏云。曰岩山、余山者，有陵有冈，有扈有章，密者如堂，盛者如防。凡此诸山皆自衢睦南来，纷纷矗矗，由是而为歙岭，又盘曲几百里，而为遐富之源，自道院视之，皆鼻祖之属也。

孝子登斯堂而望也，将以其形欤？想夫遥天之表，眉宇之懿也。披垂者其髦，突立者其髻也。敦者坐，峙者立，而陋者憩也。将以其意欤？春谷芳香，见其和也；秋岩阴肃，见其义也。凝然有事亲之孝敬，而峭然者，表俗之标致也。将以其名欤？则字即山，山即字矣。若夔见于食，墙见于坐，书以其泽，而栖以其器也。是虽无形而僾然其见，无声而忾然其间。必将恻然而感，凄然而悴也，如是而曰悠然者，盖以为处士谓也。

孝子不特于山也，于田庐、于器宝，而知先人创守匪易也；于臣妾、于服玩，而得其所以用与置也。不特于物，法言而德行，辱亲之是惧也；厚生而利用，伤亲之是虑也。斯其守遗体，奉先绪，无时无处而不南山，则夫道院者，乃其寓也。若是者，子以为奚如？

余俯其拜，作而仰曰：「至矣尽矣，蔑以加矣。」乃集其旨以为之辞曰：

「南山兮戋戋，道之院兮山其颜。山为义兮匪幻渺，求诸方兮以其肖。墓之南兮东家丘，院之南兮西向哭，呜呼！子心无颣兮而有厥心，北山兮松柏森森。」

辞毕，乃相与操觚染翰，缀成文理，以为之赋，以贻孝子。

东岩赋并序

《东岩赋》，赋东岩也。作者为谁？里人朱升也。朱升年幼学晚，性拙以谨。唯拙，故于文不能作；惟谨，故亦不轻作。则其作《东岩赋》何？重其主人程公度也。程公度何以得重？以鲁溪先生为之父也。赋一篇千七百四十九言，其辞曰：

泮乐游子与嵒庄主人为心友，每相与谈天下之佳胜，以华相娱，以险相慄，以正相附，以奇相出，而总归之于道术。时乃东日发光，朝风吹霁，广宇纳纳，可以纵题，于是草径以步，高台以憩，羌剧论夫纵观，定游览之品第。

游子曰：「太行折轮，黄河盘带。景贤行乎商山，挹高风于严濑，武昌之黄鹤云中，采石之青娥天外。桃花流水，渔舟重问，乱窗惊涛，江月朔爵，是凡与若熟览而贯道者，若真以为风景之最矣乎！」

主人曰：「然，汝又将何以广我？」游子曰：「徽郡于江东万山间也。休阳之为邑，又中于郡而侈于山者也。邑南三十里有山焉，曰东岩，是特异乎靡靡纷纷者也，而弗闻乎？」

主人曰：「嘻！敢问其凡？」游子曰：「东岩之为山也，崑崙祖之，岷峨鼓之，白际父之，□□吐之〔三〕，右背黄山之秀丽，前左五岭之峻绝；阻大溪而支阜委蛇，傲响山而崭崖裂缺，是固天造地设者乎！」

主人曰：「《诗》云：『既景乃冈，相其阴阳，观其流泉。』有山如是，必有经营之者。」游子曰：「天之所矜，地之所锢，今焉之新，昔焉之故，维前此十载，斯山不过丛荆榛，跳狐兔，明樵刍之所历，暗魍魉之是护；瞻览之目何属，登临之武曷布？孰营辟之？曰程公度。曾经费之勿辞，而瘅劬之不恶。定基就夷，以避岩巉之险，凿池潴清，以泄暴流之怒。于是有足者历其胜，而有目者知其嫭也。」

主人曰：「《诗》云：『升彼虚矣，以望楚矣』。其里之大概何若？不繁庶不足以与此。」游子曰：「锦绮之丛，金碧之集，豪者相伍，富者相什，羌里居之鼎盛，而人才之林立，是皆东岩之骨，冈陇之脉，气之翕焉者为之。」

主人曰：「《诗》云：『虽无好友，式燕且喜』，而子称里居之鼎盛，人才之林立也，其所以燕喜，必可述矣。」游子曰：「楼亭池径，燕喜之体；醴馔歌舞，燕喜之用；禽鱼花竹，燕喜之助；诗词谈谑，燕喜之从。子不知东岩之燕喜乎？彼其来者，鞍雕而环金也，担彩而车钿也；持者玉麈，摇者宝扇也；曳钜公之裾葱，从妓女之裙茜也。彼其来者，非富胜之僚族，则娇密之姻倩也。彼或愧之而不目睨，或观之而心羡者，不得与之，贫若贱也。子不闻东岩之乐歌乎？《迎宾》诗曰：『主人之孩，嘉宾之来。我园孔佳，熙熙春台。匪醉匪饱，角生马首。』其《乐宾诗》曰：『马嘶于门，酒续于樽。歌浓谈欢，视日未昏。饮未百卮，宾其勿辞。白桃红李，宾眼眩止。』《送宾诗》曰：『东岩月高，主人弗劳；宾拜清却，主人曰诺。今兹返驾，明晨有约。』其乐宾也如是，不其谓燕喜者乎？」

主人曰：「异哉！子何言之误也。子之所谈者，花竹也，楼亭也，食饮禽鱼之类也，请以是喻：夫楼者，不可以为亭；亭者，不可以为楼。竹无花之艳丽，花无竹之清幽；酒不可以克饱，食不可以献酬。夫蝶与蜂，同以花采著称也，蜂能酿蜜而蝶不能。何也？夫桃焉夭夭，兰焉郁郁；名卉之苑，野芳之陆；或当午以俱集，或方春而相逐；一乃华酝而甘咸，一惟香栖而粉宿。

何则？拘于质也。子言失矣！夫食粱衣绣者，可以处乐而不可以居贫；栖迟衡门者，视楼榭为何物？拘于质而蔽于一也如此。且夫东岩之胜若此，而子断然以为豪富之所独乐，非下焉者所得与。吾恐地主之见，未必然也。《诗》云：『左之左之，君子宜之；右之右之，君子有之。』局局焉何哉？」游子曰：「吾言半耳，不宁惟是。东岩主人之为人也，径直乐易，于物无所拒，必将庇主窭者以峻宇，而饱肉食于蔬茹者矣。必将寒士之与交，而贱子之与处矣。又必将推与人同乐之念，不闭门，不钥洞，上以接夫宦达，而下弗禁于牧圉矣。其为度也，不已巨乎？」

主人曰：「不然。孟氏论七十里之囿答齐宣耳，岂有使薪猎者往乎其间哉？《诗》云：『无矢我陵，我陵我阿。无饮我泉，我泉我池。』而泛泛焉以为同，非吾所知也。且地主之所以有东岩之胜也，孰拮据是？孰保有是？其乐斯也，孰为之主而隆厚是？又孰能使之久而不朽是？《易》曰：『积善之家，必有馀庆。』《小雅》曰：『教诲尔子，式谷似之。』《鲁颂》曰：『君子有谷，诒孙子，于胥乐兮。』言善道也，请循其本考之焉。」游子曰：「鲁溪先生，公度之父也。先生学贯今古，誉称州里，道德为富，孝友为仕。每令于庭曰：『而修而嘉，而聚而孅，而勿荡于非，以保而顶趾。』申之曰：『而学以究理，而见之操履；勿尘而镜，勿钩而矢；而弗尊贤，于礼曷以？而弗收族，于伦曷纪？族疏勿疏，念而同始；贤小勿小，德进不可止。荣而勿慕，槁而勿鄙；念命之不定，得而勿恃。大块流耸，而为山水；化工发荣，而为华蕊，是两间自然之修。天宝不可弃，毋荒以毁；人乐不可极，毋纵以弛。酒以合欢，勿酗于旨；歌舞以养耳目，勿流于靡，一夫之耕，不足以食百指。家无冗食，得已则已。粒食养民，而勿徒恃；安常守己，勿奸胥与市。吾所以命尔，不过如此；而能遵是，则笾豆、簠簋，永承吾宗祀，苟不吾遵，而非吾子。」是以公度功而不矜，乐而不荡；园斯东岩，不隘不敞；命宾朋而致礼，按时序而弗爽；揽重霄之寥廓，瞻远地之苍莽；其心则高明旷达，而其兴则横飞而直上。夫其人若是，得所养若是，居之广若是，咸由父尊之教也。则荣帛之赍，鸣驺之入，尚何有不可往者哉？」

主人始而惑〔四〕，既而喜甚，且惊曰：「有是哉！程君，余平日与尔口称心羡，目视耳闻者，遗音之鸟，浮空之云耳。程君而果能若是，则凡历斯岩而造见其景者，于人而不徒地，于德而不徒物，虽子长之讲业，乡射于齐鲁邹峄，抵得其仿佛者耳。《诗》云：「泰山岩岩，鲁邦所瞻。」斯之谓矣，吾固将从之焉。乃相与蹑履携杖，具刺拥篲，扣岩扃以求见，候地主之肯否？」

校注

〔一〕戴杞字南山，休宁人。见《新安文献志》卷七十一《南山处士戴君杞墓志铭》。其子廷芳名兰，与朱升同师陈栎，传见《（嘉庆）休宁县志》卷十二《人物·儒硕》陈栎传附。

〔二〕原本如此，「乃」字下疑缺字。

〔三〕原缺二字。

〔四〕原本「惑」作「感」，疑误。

朱枫林集卷三

序

大学中庸旁注序

前年读书郡城紫阳祠，始为诸生作《书旁注》，观者多喜之，以其注文附经，语意通贯，一读即了，无繁复之劳也。即又命诸生用其义例，旁注《诗经》，未克成。去年寓里中程氏馆，《书旁注》脱稿，稍有传抄之者，然日知所亡，窜改不能已。今岁受徒于家，又成《大学中庸旁注》。

先儒经解至矣，而犹未免云云者。先儒用圣贤功夫，故能因经文以得圣贤之意；学者用先儒功夫，而能因经解以得先儒之意，几人哉！性质庸常，学力卤莽，父兄师友取经解而督之，读经与解离，不能以意相附。其弊也，断裂经文，使之血脉不通，首尾不应，欲求其知味乐学不可得也。

此愚所以于《六经》、《四书》皆欲旁而注之，以为教子授徒之计，而未暇悉成也。虽然，愚之所注，其意义取诸先儒经解而已，辞语则有不可纯用原文者。盖以逐字顺附经文，实而不泛，离之则字各有训，贯之则篇章浑全，制作之体既殊，辞语各有宜也。至于意义，间亦有不得已而不可以苟同者，则又有望于平心明眼，实用功力之君子，相与印可之，商榷之也。至正丙戌（按：六年，一三四六）秋日新安朱升书。

论语孟子旁注序

余既为《尚书》及《大学中庸》撰旁注，欲遍及《六经》、《四书》而未暇也。去年来池过黟，亡友倪仲弘之子诺为注《语》、《孟》〔一〕，曰：「稿成，即来商之，」而未至也。池人张璹字仲美，见余书，犁然有合，即以《大学》《中庸》义例施之《语》、《孟》。每稿数篇，辄一见示，相与商订，不数月而书成焉。噫！自丙戌岁（按：至正六年，一三四六）至今六七年间，以此事属之士友多矣，斯文缘契，乃在于此也。是书之体，融合先儒经解，以顺附于经文，可离可合，有纲有纪，使读者止就经文，考训诂以求旨趣而已。其先儒之说顺附经文，而或有不类、不妥者，则必再三玩索体认，以求真是之归，此学者穷经最得力处，必身亲为之，然后历其难而知其味也。

今年稚子同学《仪礼》〔二〕、《周官》二书，不胜讲授之烦，亦既为之旁注矣。有如仲美者，早相与用功馀经乎，若仲美则余知其方劳，不当亟以委之矣。至正辛卯（按：十一年，一三五一）夏新安朱升书。

书传补正序

朱子传注诸经略备，独于《书》未暇及，尝别出小序辨正疑误，指其领要，以授蔡氏而为集传。惜其成于朱子既殁之后，门人《语录》未辑之前。自是以来，诸儒继作，讲明著述，补益宏多，然往往不与经传相附，而翻阅之难也。

升不揆愚陋，蒐辑见闻，既为读经者作旁注，纲目有统，离合成章；又为读传为《传辑》，补缺正讹，发明旨趣，亦既有年矣。今为此编，不过约取《传辑》，补缺正讹之文，仅使传文周密，经意通畅而已，庶几文字简洁，而学童诵习，不惮其繁。若欲求其发明旨趣之详，则有《传辑》在。时至正庚寅（按：十年，一三五〇）二月壬辰，书成于石门山中，题以授子同。

易经旁注前图序

愚自中年以经书授徒教子，每于本文之旁，着字以明其意义。其有不相连属者，则益之于两字之间。苟有不明不尽者，又益之于本行之外。学者读本文而览旁注，不见其意义之不足也。

惟《易旁注》则有前图者。《易》之为《易》，其本也图象而已。文王、周公、孔子之书，实为图象作注脚，故明此经者不得不求其本也。河出图，洛出书，天不爱道，泄诸象数，一可已，二何居？作《河图》、《洛书》合一图第一；圣人之则之也，八卦成列，而又因而重之，其传于今也，各有横图、圆图，而六十四卦圆图中又有方图，则亦悉矣。帝出乎震，成乎艮，其方位之象，又何为哉？作先天后天合一图第二；先天后天，其始其终，既各有序矣。《连山》、《归藏》，首艮首坤，今不能知。而《周易》首乾坤，终既未济。经分上下，其间卦序乃复如彼，作《周易》卦序图第三；卦变也，卦主也，互体也，卦数也，卦位也，纳甲也，之六者时杂见于经传，必各著其全，使人可通考焉可也，作六图第四；淳安夏氏有《读易十字枢》，愚平日窃于《易》得三大义，二者经传训释之机要也。则以附六图之后，圣人处忧患之道，自履至巽，其传古，其旨深，卦之名义，殆未足以尽之也，作三陈九卦图第五；揲蓍以求卦，因变而用爻，比义从长，宜勿拘一说，作蓍卦变占图说第六；夫子言蓍卦之德，曰圆，曰方，固非直曰七奇八偶而已，作筮七卦八图第七；邵子《天根月窟》之吟，非为今《易》安注脚也。豫章萧氏读易卦序之学，区别于三画六画之原，而象意昭融，玩味乎正变始终之故，而道教明著，前纂为图，今录其全文于后，而系以邵子之诗。履运处身，同一揆也，作三十六宫图第八。八图为之前，而后《周易旁注》可得而读矣。

孙子旁注序

人尝乐世治，曰：兵，凶器也。不可以易言也；余亦悯世乱，曰：兵，凶器也。不可以易言也。然国家之大事在戎，言之，得无易乎！

升生不辰，目击群雄，迭相胜负，有成丘止流之惨，深为此惧。伏承我圣皇应运，召侍军门，十有四年，剪除群雄，战胜攻取，机变妙于武子，阵法合乎武侯。是以不揆愚陋，搜辑见闻，间以己意，旁注十三篇，著演八阵图于卷末，使词义畅明，阵势明白，而无徒读其书之患也。升极知僭逾难逭易言之罪，然于行三军者，庶免胶柱鼓瑟之一助云。

类选五言小诗序〔三〕

玄默摄提格（按：壬寅，至正二十二年，一三六二）夏暑异甚，仆居山阁，目益昏，不得遍读素习，乃取五言四句古诗，迄于晚唐，得三百馀首，类次之，以授群童。为类凡三十有八：一曰直致。诗以此为忌，而亦以此为难。序情写景，而无事乎排比、纽捻、盘摺、组绘之工，所谓净洗脚面而斗好者也；二曰情义。伦纪者，民之彝也；三曰工致。诗老所独，继响寡闻焉；四曰清新。则不易得者也。自是而下，曰高远、曰富丽、曰艳冶、曰凄凉、曰衰暮，由所接不同。曰旷达、曰豪放、曰俊逸、曰清润、曰沉着，则又系乎其人矣。边塞也、宫闱也、客旅也，发乎其情有非常者，是以离别悲愁，思乡感旧之作出焉。至于怀想寄赠，则尽乎人；慨叹消遣，则尽乎己。讽谏而不讦，颂美而不谀，嘲戏而不谑，皆所谓民之性而先王之泽者。此外有怀古咏史之吟，景物风土之述，时事之纪，与夫乐府之旧章，风人之古体，或有设为问答者，或以一句两句之佳而传者，以至女流、灵异之作，亦附见焉。

先儒谓人声之精者为言，言之精者为文，而又有曰文之精者为诗。夫自三百篇之后，变而为词赋，又变而为歌行、长律，流衍极矣。则五言绝句者，诗之尤精者乎。才多者敛束于此，固汗血千里之折旋蚁封也。始学者之从事于此，非江源之滥觞乎！乡先生曹公〔四〕，教人下笔之初，以字少语直为事，其言曰：「直说则意易见，字少则病不多。」仆编小诗，以直致之体先之，实本乎此。夫泉之始达，直流而已；其由渐远，众流合焉。矶而激，风而波，盛大流行，而千态万状，非泉之固欲如是也。始学者识之。枫林病叟朱升题于齐明阁。

刑统赋解序

魏文侯师李悝者《法经》六篇，曰盗法、曰贼法、曰囚法、曰捕法、曰杂法、曰具法。卫鞅受之以相秦，改法为律。汉相萧何增户、兴、厩三篇，为九章之律。叔孙通益所不及为十八篇。武帝作见纵、监临、部主之法。魏命陈群等增损汉制，为十八篇。晋命贾充等增损汉魏为二十篇。南北两朝，沿革不一。唐因隋制，令房玄龄等斟酌损益，为十二篇。高宗永徽中，长孙无忌等复增疏义。

名例第一。魏因汉旧，改具律为刑名第一；晋贾充等于刑名中分为法、例、律；宋、齐、梁及后魏因之。北齐并刑名、法例为名例；后周复为刑名；隋因北齐，复为名例；唐因之。

卫禁第二。秦汉及魏未有此名，贾充等酌汉魏之律，随事增损，创制此篇，名宫禁律。宋至北齐以关紧律附之，更名禁卫；隋开皇改为卫禁；唐因之。

职制第三。起自晋，名违制律。隋开皇改为职制；唐因之。

户婚第四。汉承魏秦之后，创加户律；北齐以婚事附之，名婚户律；隋以户在婚前，改为户婚；唐因之。

厩库第五。汉制九章，创加厩事；晋以牧事合之，名厩牧律。隋开皇以库事附之，更名厩库；唐因之。

擅兴第六。汉制兴律，魏以擅事附之，名为擅兴。

贼盗第七。李悝《法经》有贼法、盗法，自秦汉至后魏，皆名盗律、贼律；北齐合为贼盗律；隋唐因之。

斗讼第八。自秦至晋未有此名，后魏分前魏系讯律为斗律；至北齐以讼事附之，名斗讼律；后世因之。

诈伪第九。魏分贼盗为之，历代因之。

杂律第十。李悝《法经》有杂法，后世祖袭为杂律。

捕亡十一。李悝《法经》有捕法，后魏更名捕亡，迄唐因之。

断狱十二。起自曹魏，分李悝《法经》囚法而出此篇，后世因之。

以上唐律十二篇，周世宗时诏详定之，号《大周刑统》二十二卷。宋太祖朝窦仪等修定《刑统》为三十卷。至北宋时律学博士傅霖取其纲要〔五〕，撰《刑统赋》，后世注解此赋虽多，或赘或略，未免疏谬，今订定之。至元后三年岁在丁丑（按：一三三七）二月上浣新安朱升题。

地理阴阳五行书序

太极判而为阴阳，阴阳变合而为五行；气之流行，质之位列，物莫不然也。地圌天中，为物最巨，格物者于此而不察，可乎？

余幼而困穷，于卑猥事，盖多致力，俯察之学，尤为留心。患夫世之论二五者，不得其纲要，且莫别其用也。泰定初元（按：一三二四），述《星卦提纲》，以振举数派之，今二十有五年矣。岁在癸酉（按：至顺四年，一三三三）〔六〕，而得龙穴阴阳之诀。越七年，又得山水、宗庙与四经五行之诀。然后形体与造化合妙，水涉与穴法同功，始敢稍出其说，与朋友商订传习焉。而古法玄要，未得其绪者盖多也。

至正戊子（按：八年，一三四八），试春官归，陈英翁以未卒业，告经曰：「葬山之法，以势为难，而形次之，方又次之。」英翁长余一岁，诚纯笃信，无以为比，其于形势之难，既得之矣。余故述是编以质之，题曰《地理阴阳五行书》，以足夫景纯所谓方之法焉。新安朱升序。

壂庄率意录序

壂庄主人朱升，平日事师交友，读书听语，下至里巷山野、樵渔妇女，一言一事，于人有补者，莫不谨服而博取之，既又虞积之多，时之久，聪明退而忘之也，遂笔录之。其为录也，不起稿，不择词，不先经后史，不外子内儒。得于尊者，不敢攘其说；闻于贱者，不敢匿其名。不务简古，他日可以删；不厌烦碎，他日可以考；故名其录曰《率意》。下于是录也，下及庖馔工巧之琐末，高人所不屑观；上及道德性命之绪馀，俗士所不得与。下于我者，既不敢预此；上于我者，又不屑此。则是录也，直以率吾意而已，虽然，知我意者，以为备遗忘，不知者曰腐儒之陋也，人之所通摈也。至治二年龙集壬戌（按：一三二二）三月望日序。

集赵东山文稿序

东山赵子常〔七〕，学《春秋》于资中黄先生〔八〕。既通悟，乃会粹考覈，成书三种：曰《师说》、曰《属辞》，曰《集传》，行于世。子常既殁，其徒王德茂聚其平日诗文〔九〕，俾老友朱升选其涉于教道，可以开发疑难，长见识者，得若干首，刊而传之。先儒谓邵子之学，其根株在《经世书》，花叶在《击壤诗》，今读《击壤集》，曲尽情理，以通乎上下，的的乎世不可诬也。子常髫龀以来，几许学问涉历，而下笔之可见可传者如此，读是集者尚知之哉！

石门陈氏族谱序

歙南石门陈氏，世相传示，派出休宁西乡藤溪。藤溪始祖鬲山府君禧，历五传而为旭，旭迁歙南，是为石门始祖，约其世时当汴宋初年，至今至正庚寅（按：十年，一三五〇），盖四百余年，而十有五世孙矣。

自始祖七传为谠直言，是生六子，曰：易、力、宝、武、复、臻，视其宗为最茂。宝之后又益茂，其玄孙子华字仲英，表其先世，为图十有一，以示诸予，俾序其端焉。首图自始祖至直言六子，凡八世。其于分支也，著其始而略其世，闻见所不悉也。自其高祖以下，则名字、第号、仕隐、年寿、配姓、卒葬，往往得而书，盖幸乎其逮事与夫传闻所未泯者也。凡其宗之人，各详其所尊所亲，述其见闻，以表其世，咸若仲英之为者，以系于其支之始，使夫始之出于一人之身者，虽百其世，万其子孙，如相与昭穆，序于一堂之上，庶几观者有所感焉，以发其敬宗收族之心，则世道之幸，而仲英之志也。

东村老人诗序

端木氏之居溧水，唐山东之崔、卢、李、郑也，而有东西村之异者，犹道南北之阮也。端木公字以善〔一〇〕，杰特而温谧者也，而自号东村老人。按《戴氏记》，人生「七十曰老」，大夫则致仕。「人子恒言不称老。」公家尊君国用先生，年且未七十，而公自号如此者何？夫名称生于不足者也。弱龄出仕，敭历垂三十稔，所不足者，非庭闱之晨昏乎！故未老而老，蕲以为养也。昔老莱子年七十，斑烂亲侧，作婴儿啼戏。然则今日东村之老人，庸非后日之婴儿乎？人之行莫大于孝，孝子知有亲，不知有己，是以始也，自忘其强仕而终也，自忘其耆老也。闻端公之风者，往往悦喜慕尚，作为歌诗。歙氓朱升为之序。

环秀楼序

秀，悉救切。《说文》：「禾实也，从禾，乃声。」证以夫子之言，秀在苗后，在实之前，则非禾实，先儒以为吐华。《诗毛氏传》：「荼，茅秀也。」或谓茅秀于茅华，非也。茅之未华，方自苞而出者柔软润泽，其名为荑。荑、荼声相近，若其既华，则蓬蓬然，诗人不当取以为比矣。以此而意之，则禾之秀，亦其将华者也。《尔雅》：「木谓之华，草谓之荣，不荣而实者谓之秀。」后人以秀为草木茂美之通称，故欧阳称嘉禾曰秀，东坡称花竹曰秀。俯察之书，以秀言山，始于《赤松述论》；以秀言水，始于管公明《指蒙》，是后山经地志因之。登高之赋，临流之诗，言秀者不可胜举。《王制》：「命卿论士之秀者，升之司徒，曰选士。司徒论选士之秀者，升之学，曰俊士。」汉始举秀才，东汉避世祖讳，曰茂才；魏晋以来复曰秀才；至唐中叶，秀才科目甚高而难得，无敢应者。汉谣有曰：「天下俊秀王叔茂。」晋罗含为江左之秀，谢道韫为闺房之秀，宋袁淑[谓]谢庄：「江东无我，卿当独秀。」以秀言人，始于夫子。人者五行之秀，气极于周子。人也者，得其秀而最灵。

新安岩镇方公构楼生坟之侧，颜曰环秀。想是楼也，近则环之以竹树之秀，远则环之以山水之秀，而人之秀者游居其中也。游居其中者主也，环其外者宾也，有是主，斯有是宾也。方公字圣清，清秀之义也。其女夫孙仁远，秀人也，裒诸秀句，积成卷轴，请朱升秀才为之序。

大有楼序

率溪在歙南四十里，循率溪入十有五里，曰詹田，孙氏居焉。孙君有名天祐字颐父者，为时称道，生至元甲戌(按：十一年，一二七四)，至泰定丙寅(按：三年，一三二六)，甫五十有三年耳。即于居北二十里叶有之源，豫营茧室，而楼其旁，友生朱升为揭其颜曰：「大有」。盖取《易》大有上九爻辞，与君名叶，且近于地名之叶有也。

君幼颖悟，早卓立，从父智斋教之诗书礼义〔一〕。生三十年，遂莅家政，事继母方氏若兄〔二〕，延师教子，待乡井，御群下，靡弗尽道。岁之歉，慨然减价出粟，以赈饥民，凡举火以待者，盖环百里。逮其稔而能酬者，率收以公量，是皆蹈智斋公故辙，扩而弗替者。若其建桥辟道，土木宫室之类，凡可以利益于人者，于膏腴金谷，一弗之靳，是又其天性仁厚如此。君配方氏，子男三人，女一人，孙今三人，绳蛰方将，昌炽未艾，是造物所以答君于今者。叶有寿藏，负艮面庚，阳和阴粹，山环水秀，他日双剑韬焉，以裕其后，是又答君于来者。自天祐之吉无不利，楼名云乎哉？君将于中朝士夫，求为楼之记文者、书扁者、篆记额者、书丹者、诗之赋者，故予为序其事如右。

叶有于率溪间岭，乡先达弘斋曹先生居之〔一三〕，虚翁方使君造而诗咏之〔一四〕，具见《桐江续集》。盖源深而清，不可舟楫，而居民聚焉。是以宛然有桃源、盘谷之胜。而又买田其间，早为瞻修馆谷计。燕游诗酒，不逊昔人，其可尚又如此。智斋讳逢龙，配程氏，实雅德君子云。泰定四年（按：一三二七）二月吉日里生朱升序。

跋

跋大学旁注后

《大学》以修己治人为纲要，以致知力行为工程，然而知止能得之间，必有事焉。《经》所谓定静安，《论语》所谓仁能守之，《孟子》所谓居安资深者是也。《中庸》曰：「尊德性而道问学」。盖致知力行二者，皆道问学之事。动而道问学，静而尊德性，二者功夫如寒、暑、昼、夜之更迭而无间。尊德性即《大学》之正心也。《大学》诚意，是省察克治于将应物之际，正心是操存涵养于未应物之时，与既应物之后。然而八目于致知之后，即继以诚意而正心，但列于其后者，盖《大学》为入德者言，使之先于动处用功，禁其动之妄，然后可以全其静之真也。此圣贤之心法，为传学之本也，而旁注不能详具，故表而著之云。

跋中庸旁注后

《中庸》经朱子训释之后，说者亦多。其间最有超卓之见者，饶氏也；有融会之妙者，思正李先生也；精于文义、切于体认者，楼山袁氏述吴氏之说也。今兹旁注，既各取其长矣，至于智、仁、勇之用，至诚不二不息之分，尊德性、道问学之说，若此之类，一得之愚闻见焉。不知其果是乎否？实用功力之君子，愿有以教之。

跋性理字训后〔一五〕

晦庵门人程正思《字训》二十条〔一六〕，勿斋增广之〔一七〕，为六门一百八十三条。今增善字，补以蒙斋之训，凡一百八十四条。德业、尽性、心正四条〔一八〕，训有未妥，僭易数字，馀皆原文。程敬叔《读书日程》〔一九〕，八岁未入小学，教之读此甚善，但此书四字成言，其语既简约，而题目多涉性命〔二〇〕，其理又幽深，若非根据出处本义，而旁取世俗事物以开喻之，未见其有益也。

试以开卷太极之训言之，孔子赞《易》曰：「《易》有太极，是生两仪，两仪生四象，四象生八卦」，今训太极之字，当原乎此。其曰至理浑然，冲漠无朕者。理行乎事物之中，如身体之脉理，如枝干之纹理，彻上彻下，无不至到，所谓至理也。脉理、纹理皆不一也，而皆必有统会之处。今以八卦观之，乾、兑二卦，同生于太阳之象也；离、震二卦同生于少阴之象也；巽、坎二卦，同生于少阳之象也；艮、坤二卦，同生于太阴之象也。又以四象观之，太阳、少阴同生于阳仪也，少阳、太阴同生于阴仪也。八卦、四象各有统会，既如此矣，则两仪岂无统会哉？故孔子指其统会者名之曰太极。极者，屋之脊栋，中正高上，众材之所构合者也。太者，大大之谓也。太极者，大大高上统会之称而已。《易》书之仪之象之卦，两而生四，四而生八，以至于无穷，由本而末，由源而流，皆所谓至理也。太极者，至理之浑然者也。浑然云者，如水之浑浊，然人之视之不见，其中之所有，盖理之统会，其胚胎融聚者，固如此也。

泉之未发曰冲，沙地旷远曰漠，朕者目未开而有其罅隙也。曰冲、曰漠、曰无朕，皆以形容其浑然者也。其曰造化、枢纽、品汇、根抵者，气一嘘而万物盈，所谓造也；气一吸而万物虚，所谓化也。气之造物化物，犹户之一阖一辟也。究而言之，则阖辟在乎枢，枢必绾乎系枢之纽〔二一〕，《易》之仪象，卦者造化也；太极者其枢纽也〔二二〕。物之异类曰品，物之同类曰汇，万物并生于两间，而有同类异类者，如花叶之在枝干，或同或异也。究而言之，则枝干本于根，根必附乎命，根之抵，《易》之仪象，卦者品汇也。所谓太极者，其根抵也。玩诸《易》，以释太极之本义。本义既得，则后世儒者所称述，可一见而决，若异端之所言者，固不足论也。凡读圣贤之书，皆当如此考究，令字字有着落，非特此书也，故举一条以见例云。

跋静山遏籴歌

右静山孙处士《遏籴歌》一首，感伤而安分，自道以警世，真有益之文也。人之所藉以立于世者四：曰智，曰力，曰权，曰利，而禀赋之不能均也，偏得其一二而善用之，则泽及于人，而为天之所福；其不善用者，专之以为己私，以贼夫人，而卒不免于自祸。是故立天地之心，明圣贤之学，辅世长民，兴利除害，以纪纲斯人者莫如智，戡定祸乱者莫如力，生杀予夺，以劝善惩恶者莫如权，衣食温饱遂以人之生者莫如利。若是者，惟善用者能之。《易》曰：「崇高莫大乎富贵。」天以是偏赋于汝，亦岂无意哉？奈之何其不善用也。

吾山乡少田，千亩之家可一二数，三亩之入食一人，藉令千亩者尽以其入施人，不过供活三百人，利之所及亦狭矣。故善用者化利以为权，平其粜价以率人，则所济者众。彼不善用而私之，甚至于遏籴以邀重价，使不仁者转而相和，汝之所利几何哉？而人之受害多矣。是犹有智而用之为奸，有力而用之为盗，有权势而用之为暴、为污者也，岂不惜哉！

佛书言：积财不散者，自己无份，五家子有份。五家子者，水也，火也，盗贼也，县官也，恶子也。多田之家能平粜价以率人，而不为己私，如处士祖父之所为，是夺五家子之物，以济人也。岂非昔所谓赢得为君子者乎！若遏籴邀利，至于发处士之感叹歌咏者，何厚于五家子也。岂非所谓枉了做小人者乎！余窃悯夫操利权者之可以为，而或不善用也，故广处士之歌意，为跋语以劝焉。岁甲午（按：至正十四年，一三五四）五月二日朱升书于枫林馆。

跋唐子华画赠邵思善诗卷后

至正五年（按：一三四五），吴兴唐公子华宰吾邑〔二三〕。余客其门，相与处甚善也。公时时出古今名画及其所自画者示予，且赞赏其趣。予懵于此道，故不知嗜好，若无闻无见者。公不悦，其心曰：「岂其明于他，而独暗于此耶？是殆薄吾画也。」予察之，稍以留意。一日与公同访提茗廉父，壁间有公所笔画四幅，予观而喜之。公曰：「此吾二十年前笔也，是殆不佳。」予心计：若从公求指其不佳者，在某处某笔，宜若得其概，然不欲亟以渎之。及再往，则卷而藏之矣。

余素与县东门邵桂堂翁友善，其孙孜思善时从予读书〔二四〕，见公画，辄悦慕之，不瞬目，不释手，若予之有味于天地之化，圣贤之学也。公大喜，进而教之，宦满，挟之归。邵生尽弃馀事，用能得公之意趣。四方闻人称能鉴识者赠之诗文，许与交至。信乎！生之妙于画矣！画之为道，宜求其似也。今曰似则不超，宜以巧为精也。今以拙为古，殆必自有其说。予藏思善旧所为画数幅，假我数年，得毕婚嫁，尽除书生气习，然后袖而出之，好山水佳风日中，请思善指其昔非今是在某处某笔，使昔之不得于唐公者，得之思善，亦大好事。故第书之卷帙之末以识焉。岁辛卯（按：至正十一年，一三五一）秋九月既望，朱升拜手跋。

校注

〔一〕倪仲弘即倪士毅。士毅字仲弘，号道川，休宁倪干人，与朱升同师陈栎，著有《四库辑释》。传见《(弘治)徽州府志》卷七《人物·儒硕》。

〔二〕仪礼　原作「礼仪」，误。朱同，朱升子，字大同，小字外生，洪武中举明经，为本郡教授，后以父恩升礼部侍郎，著有《覆瓿集》、《续新安志》。传见《(弘治)徽州府志》卷七《人物·儒硕》朱升传附。

〔三〕《四库全书总目·总集类存目一》录有此书提要，书名称《风林类选小诗一卷》。

〔四〕乡先生曹公，谓元末人曹泾。泾字清甫，号弘斋，与方回齐名。本籍休宁，徙居歙县。传见《(弘治)徽州府志》卷七《人物·文苑》。

〔五〕「北宋」原缺。又「傅霖」原本作「傅林」，据《四库全书总目》改。

〔六〕泰定初元，即泰定元年(一三二四)，后二十五年应为至正九年己丑(一三四九)。而「岁在癸酉」为至顺四年(一三三三)，距泰定元年只有九年。原本疑有误。

〔七〕赵子常即赵汸。汸字子常，号东山。为朱升契友。传见《(弘治)徽州府志》卷七《人物·儒硕》。

〔八〕资中黄先生谓黄泽。泽字楚望，资州人，曾任江州景星书院、东湖书院山长。至正三年(一三四三)赵汸及朱升从游湓浦，就学黄泽。泽传见《明史》卷一百六十四。

〔九〕王德茂，又作王德懋。德懋名天应，以字行，休宁万安人。师汪克宽、赵汸。传见明程敏政《新安文献志·先贤事略上》。

〔一〇〕端木以善名未详。至正二十四年(一三四六)官于新安。其子端木孝思受业于朱升。朱同有《石门读书图记》载其事。见《覆瓿集》卷五。

〔一一〕「之」原作「入」，误。

〔一二〕原本如此，疑有误。

〔一三〕弘斋曹先生谓曹泾，见注四。

〔一四〕虚翁方使君谓方回。方回字万里，号虚谷，歙人。宋景定进士，历官知建德府，元初改授建德路总管兼府尹。撰有《碧流集》、《桐江集》、《瀛奎律髓》等。传见《（弘治）徽州府志》卷七《人物·文苑》。

〔一五〕《（弘治）徽州府志》卷十一《词翰》题称《书性理字训后》。

〔一六〕程正思名端蒙，号蒙斋，歙人，后徙德兴。尝师事朱熹，有《小学字训》。传见《新安学系录》卷七。

〔一七〕勿斋即程若庸。若庸字达原，号勿斋，又号徽庵，休宁人。传见《（弘治）徽州府志》卷七《人物·儒硕》。

〔一八〕原本如此，疑缺一条，或「四」为「三」字之误。

〔一九〕程敬叔即程端礼。端礼字敬叔，号畏斋，鄞县人。历任建平教谕、台州路教授。所著有《畏斋集》、《读书分年日程》等。《元史》有传。

〔二〇〕「性命」《（弘治）徽州府志》卷十一《词翰》作「命性」。

〔二一〕《（弘治）徽州府志》卷十一《词翰》作「枢必寄乎容抠之纽」。

〔二二〕《（弘治）徽州府志》卷十一《词翰》本句前多「所谓」二字。

〔二三〕唐棣字子华，吴兴人。至正五年（一三四五）为休宁县尹，有善政。又以诗画称，时称「唐休宁」。传见《（弘治）徽州府志》卷四《名宦》。

〔二四〕邵孜字思善，休宁人。得唐棣（子华）画法，擅梅竹山水。传见《（弘治）徽州府志》卷九《人物·隐逸》。

朱枫林集卷四

序

小四书序[一]

上章困敦（按：庚子，至正二十年，一三六〇），愚赴紫阳书会，与朋友商榷，为斋生定读书次序：首蛟峰《蒙求》，凡将者，急就之传也；名物者，小学之先也。次勿斋《字训》，性理学问，天人之道，治教之原也。次陈先生《历代蒙求》，使知古今朝代之略。次黄成性《史学提要》，使知传统事迹之详。此四书者，四字成言，童幼所便，精熟融会，宇宙在胸中矣。然后循序乎六经之学，归趣乎孔孟之教，究极乎濂洛之说。休日则事笔札而考苍雅；馀力则记名数而诵诗文，庶几入门适道，有序有条，本末兼备，终始相成者矣。

夫读书不可无注解，然注解与本文相离，学者若不能以意相附，则非徒无益，而适滋其惑。故愚于诸经书往往与之旁注，使学者但读本文而览其旁注，一过则了然，无繁复之劳也。今此小四书者，语约而事意多，故旁注不足，则又表注于栏上，使教者有所据依，而学者易于记忆，此区区之至意也。既脱稿，刻之斋舍，题曰《小四书》，以别晦庵《四书》云。

萧氏读易考原序〔二〕

《周易》卦序之义，自韩康伯，孔颖达以来，往往欲求之孔子序卦传之外，程朱诸儒用意尤笃，至于临川吴先生《卦统》之述，亦可谓求之至矣。而其中间精密比次之故，则犹有未当于人心者。愚索之半生，晚乃得豫章萧氏《读易考原》之书，以为二篇之卦必先分而后序，闳奥精粹，贯通神圣，盖古今之绝学也。谨节缩为上下经二图于右，而录其全文于下，以广其传于不朽云。

重修本宗族谱序

族之有谱尚矣。朱氏为新安望族，居洄溪里者业儒以世。旧谱起高辛之后陆终第五子曰子安。周武王封其苗裔曹侠于邾国，至仪父始见《春秋》，后八世为楚所并，子孙去邑为朱氏，世居沛国相县，代有闻人。前汉大司马长史翊、大司空新息侯浮、邳郡太守永、吏部尚书尚、大司徒质，司隶校尉禹，灵帝时坐党锢，子孙避难丹阳，因家焉。历十六七世，曰腾、曰绰、曰建，皆为郡守。隋唐之间，永城仁轨以孝友闻，敬则为名宰相，子孙久则蕃衍，迁居邻郡姑苏。朱子耆者为唐太宗朝学士，居饮马桥，至涔号师古，生瑋、环，避黄巢乱，居新安歙之黄墩。环为茶院制置使，镇守婺源，乃徽国文公之祖也。瑋受唐命为马步军总管，拒黄巢有功，授宣歙观察使兼卫虏将军，使封英亭侯。生春、满、园、林、秀，又自休宁髙山迁居洄溪，林公实吾洄溪之始祖也。迄今若干世，若干人。

昔老泉谱苏氏族详焉，其所自出谱之作也，分殊之义也。今余族谱列族之人生岁、享年、出娶、子女、身世、穷达，凡见而知者、闻者、传闻者，靡弗载谱。为朱氏作也，仿乎理一之仁也。然凡谱必有源流，淑慝精粗，罔或遗，兹族谱所谓传闻外，无凭以述，至有名若字不能知者，远故也。远者其初未尝远近，久而远，则又悲夫谱之不早也。虽然，今之近，后之远也，谱之不可以缓也。谨作朱氏族谱。

苦竹朱氏族谱序

余在翰林，子范秩满朝京〔三〕，剧谈数日，遂出其所编《苦竹朱氏族谱》以示余，且曰：「自始祖黄墩府君第三子三公迁霓湖，凡八世；自十二世祖学小公迁乎潭，凡四世；自九世祖三公名丸迁苦竹，至吾孙今十一世矣。旧谱详悉，遭兵火不存，有霓湖谱可考，然霓湖谱特详于霓湖，而不详于苦竹之族系，此吾苦竹之谱所以不得不作也。」

余应之曰：「族之盛者，久则必分，分则益众，众则不胜书矣。」因而考之，苦竹世多文学才智之士，在宋季间有岩将公者，以膂力骈胁，率众保其乡里，至今人犹称之。当有元盛时，则万二公名钜者，以才学授湖州路教，又能延揽名师硕儒，教养其子侄，每岁宾兴，则试于场屋者甚众，而设教于庠序者，尤总总也。及至正壬辰（按：十二年，一三五二）之变，则有子范以才学德行能率其弟侄乡人，保全其宗族闾里，是以为众所推举，用于朝，授六安州判，此亦姑举其略耳。

按，黄墩府君于唐广明年间，避黄巢寇，自吴门迁歙，至于今亦数百年间，国祚凡几兴变，人事凡几废易，而苦竹朱氏之族，至今犹盛，衣冠文物，视昔无忝。嗟乎！世之故家大族如苦竹朱氏者，几何哉？时平，则文学之士彬彬辈出，而驰骛乎科目之场；世变，则才智之士矫矫崛兴，而趋赴乎功名之会。

余既喜苦竹朱氏之盛，又喜子范之能修此谱，使后世子孙得以遵守而考证焉，故为文以序之。丁未（按：至正二十七年，一三六七）九月望日宗人朱升书。

送分宪张公序

天台张君行按来徽，责言于故人升，以广其政。升以民生休戚在长吏，长吏之贤在通其民情。盖自古经略之初，军国百需之出于民，势不得已，编民供亿公上，是固其职，长吏于此时也，其抚字之仁与催科之严，二者不得并行焉，亦势也。然于其间得无亦有下所不堪，上所不及知，长吏必当以闻者乎？

姑以此时此土至浅近之一事言之：茗贡课株，十赋其一，而一株之额粗精二两，此乃沃土所有；而我徽，瘠土也，每百株赋其十株，责其纳茗二十两，殚其地之出而供其本邑〔四〕，已不堪矣。今又不收本邑〔五〕，以钱米代之。茗之粗者，此时此土值米不及三升，而令纳一斗；精者值米不及五、六升，而令纳二斗，穷山荒疃，采摘之家，虽竭其庐之入，亦不能应，此乃事之章章不可行者，上之人惟不知耳，岂有知其不可而不改其令者乎？

君之行按也，长吏有能为深长之计，通达民情，攘蠹弊，开隆平，委曲条陈以闻，则贤于人者也。君则课之最以进之，其有明知蠹弊，坐视旁观，如茗课浅近之事，而尚不为君一言，则长吏之不贤者也。君则课之殿以退之，则长吏有所劝惩，民情得以上达，而耳目之职举矣。君之聪明特达，岂真有资于人言者？

仆别君数年，瞶盲跛躄，非复旧日，然于君而耿耿者固在，是以因下问而不容已于言。丁未（按：至正二十七年、一三六七）四月朱升序。

题庐山夏君再判新安诗序

庐山夏君之倅新安也，秀而文，得士心；宽而理，得民心；严而有容，进贤而教，不能得府吏、胥徒心〔六〕；谋而能断，事集而不自诩，又得寮寀之心也；久任法，行中考，以复任是，诸心相得者翕然以为惬。

盖新安为郡，跨番浙两江之源，山峭厉而水香洁，其君子亦竦以义，其小人往往安分无他心，一州五县，休、歙为尤良，是以兵兴数年，田里相保，甘受剽炳，无动于乱者，其土俗如此。矧得贤人君子为之官长，不翕然而归心乎？贤人君子临之，覩其土俗如此，孰不乐其善矜？其不逮与之休息，以久于其治，如古封建之为者，孰肯弁髦而传舍之哉？

休之朱升、歙之鲍颎宦学于此〔七〕，未得归视其家，省其父母，是以乡井之心尤切，而喜公之复任。其善政日有加焉，又有以大慊乎人心也。里生程和以饯行诗请序，故遂书之。洪武元年戊申（按：一三六八）端午日朱升西掖写。

送夏通判还金陵序

庐山之夏君通守吾徽也，披诚信以怀多士，施受利以溥细民；和粹孚乎寮寀，端方格乎吏胥，故三年而借留，留而德心有加于初，益见政理之旁洽。

又三年，尹临濠。临濠，今日之丰沛也，陵寝葱郁，将相大臣往往在是，形势之重，屯卫之严，委任之隆，遴选之不易，而公才器之所称，名誉之所致，盖有非人情之所可量也。徽之人知扳留之不可，再得发为文辞，以致盛恋。

升归田山中，抱疾三时，而肺病乘之，不能出户，非友人杨季诚言〔八〕，不知公之既行也，乃写鄙怀而追饯之。

饯参府端公行卷序代休尹朱珍作〔九〕

天长朱珍忝宰徽休宁一岁有半矣。参府端公实临之，实教诲之，实优容之；珍每号于人曰：「端公之于我，天也。」天之与物也，生化之霈橐之中，造就之于黼冶之下，震以发其孕，霈以滋其生，吹以振其长，虽无心而成化，乃若孜孜伋伋而不能舍去者然。然代序者进，成功者退，兰台有悲秋之赋，昌黎有感春之诗，苍苍者曾未尝一倾耳。於戏！此天之所以为天也。

徽大郡，而休宁小邑也，其民俗驯而耎，且近山可以避兵，故岁壬辰（按：至正十二年、一三五二）以来，西兵践蹂，六胜六复，民斗死者鲜而非庶也。时多政，则赋自倍至十，上所需，民无敢不供，而非富也。珍以非才为此邑，奉上之令，而亦不敢罢上之民，而非能也；事有难易，理有可否，才有长短，而免于罪也，唯天实临之，实教诲而优容之。珍之仰戴而号于人人者如此，而天不知也。乃于代序成功之日，以其平日号于人人者，请能文者述之以饯公，因以自见云。

送汪成德赴萧县作宰序〔一〇〕

吾新安神明之胄二：程也，汪也。程自东晋时新安守元谭留家焉，数世至忠壮公灵洗，显于陈梁之际。汪则忠烈王世华起于李唐之初。二公皆有捍御乡井之功，殁而为神，登诸祀典，将百千世不泯也。而汪则据有六州以归唐，功德尤盛。二族蕃衍，以官以游，散布天下，而其居于古黟县者尤盛。汪之丞相伯彦、阁学义端二公，又其尤也。

入至元来，至今且百年，黟汪未有继美者，故吾于成德属意焉。成德，有志之士也，其祖某以举进士为业。至元科举废，尊君某惟以继述教子为务。比年兵乱，成德捍乡井如忠壮、忠烈之为者，岁丁酉（按：至正十七年，一三五七）以乡兵内附，又如忠烈之归唐，黟汪其复昌于成德也欤！成德今之萧县，以其治家者治官，以其驭军者驭民，以庭训之诗礼立教道，善风俗而后以学问之文章作，成乎多士，等而上之，极儒者之功用，致斯世于隆平。于是乎黟汪千年之家声，复昌于成德氏，此升所以属意于神明之胄者，岂以作宰望成德而已哉？于是行，书之以识别。

叶宗茂哀诗序

新安叶宗茂有清才〔一一〕，年四十四卒于金陵邸，见闻者哀其遭时之不偶也，为之赋诗；而其里之老友朱升为之序。序曰：

宗茂，叶濂翁之子也。生二岁移家于婺，自幼以敏给闻，稍长，治进士业，从余复卿先生学《戴氏记》。岁丁亥（按：至正七年，一三四七），归就乡籍，试有司。明年（按：至正八年，一三四八），余归自燕山，取道至婺访之。后五年（按：至正十二年，一三五二），淮兵起，宗茂避地归乡。兵旋至，蹂郡邑，宗茂从乡兵奋御，称能。后四年（按：至正十六年，一三五六）江南开省，或荐之起家，至婺源州，时州境未定，非美官也。既而镇戍官适所从前统乡兵者，于是上下相安，得行抚字之政，再考乃代。代者不善于民，宗茂美声益远播矣。便说蜀说所长也，既而不遣，使督造战船，事集，使守饶，饶境接婺源，民欢其至。戍将与之不协，不久罢去。適濡须二年，读书治艺，亦不戚戚。或又摘前所督造船不善，重得谴。去年（按：指至正二十六年，一三六六），使筑城，所赋寻仞，十倍其家产不给也。子仁效缇萦上书〔一二〕，得免，今年夏以病终。呜呼！宗茂而止于斯耶！

宗茂风神秀彻，言笑媚好，读书史，不数过成诵。为人比方解说，无不喻者，隆师亲友好宾客，急人贫难，有国士风。作诗有思致；有所论述，滔滔不厌倦。一时欲有为于世者，往往以器略待之。然而天性率直，不能曲为谦退推让，以苟悦人，视己之善如人之善，视人不善如己不善，非古心古道之士不能不相龃龉，宗茂之得毁言以此。

扬子云曰：「世乱，则圣贤驰骛而不足；世治，则庸夫高枕而有馀。」世乱之民困于供亿，仕则困于责任，不能集事者得罪而祸亟，集事者则事愈归矣。甲兵钱谷，抚绥应对，岂一人之身所能备，一有不善，卒不得免焉。使宗茂之涉世也，得三、四十年不乱，卒其经业，名进士也；展其政事，良有司也；又加之以年寿，敛华而实，为贤公卿、乡先生，以善后来，使衰老者得所依赖，岂不甚善！而乃止于此，岂第其一身一家之气运耶？

始宗茂从余游，与婺源俞仲谦偕二人通家昆弟，出处必相从，仲谦能以义相正，若不相能也。宗茂既卒，平生所与善相附者众，而能存念其孤，永其身后名者仲谦一人。余故虽以宗茂能得友，古心古道未始绝，尢人自慰，而重念人间世之可悲也。呜呼！宗茂则已，吾与仲谦之悲何时而已耶？丁未（按：至正二十七年，一三六七）壮月丙午里友朱升序。

赠地师詹仲芳序

葬书之道二：形势也，方位也。形势如相人之许负，方位如推命之李虚中，二者各精其一，已足为术，合而一之，人焉瘦哉？自杨救贫以前，皆合而为一，厘为闽、赣，不能合者，盖四百馀年。中间宏博硕大如王朴之、孙伋、赵卿著《指蒙书》、《拨砂诗》、《心经》等文，出入经史，几于得乎形势之纲格，方位之领袖，达者尚有憾焉，况其馀乎！

里人詹仲芳世传闽术也，而学于赣，自以为尽赣术矣，而犹讲学于闽，足力到，目力熟，人皆信之，方将进焉而不已，里之治此而能行者，未有或之先也。青出于蓝，冰寒于水，其吾仲芳乎！余故喜斯道之将昌，而闽赣四百馀年之判而不合者，其将合于吾歙矣，故书而赠之。

题宗家子会从军永新诗卷序

宗家子子会从军江右，朋从姻戚赐之诗，俾升先序其卷首。

升谓序易耳。《诗》之难，《六月》、《采芑》，张吉甫、方叔之威；《江汉》、《常武》，纪召虎、皇父之绩。上有叙情悯劳之作，下有思奋用命之谣，此国家之所以兴，而民生所以有赖于武事者也。

即今江右之军者，懋斋俞君。其人也，擅才名于自昔，以泛应乎斯世。子会夙获从游以承其旨，使诗之者亦能知子会之心，如子会之于俞君乎！从军古云乐，借问大将谁？有古诗老家法存，序之赘矣。

金生家庆图诗序

男子生，而桑弧蓬矢射天地四方，以为六合之内，皆其所有事也。是故体天地之撰，传圣贤之心，光辅邦家，以仁乎民物。下而效一官，精一艺，驰一传，操一戈，凡才力之所可及者，孳孳勉勉，无忝于其生。然气运之流结靡常，故斯人之所遭有幸不幸。其幸而得于所遭者，每与其始得于生者，若巧相值然，是可以见男子之生之不偶然也。

吾邑昔称多士，延祐、泰定之际，宦达贤有名者：景山金公、称隐汪公为其尤。之二公者，儒则通，吏则循，所莅怀之，衣冠家咸法之。景山文章传世，机警可以为教，其孙伯琴纯明修谨，守其诗礼，领袖弟昆，为吾邑之第一家。金生焕孟章，伯琴之子，从其外舅郑彦昭官于南服〔一三〕，自豫章入闽关，尝航沧海使幽蓟，庶几乎四方之事者，而其庭闱之慕，无时刻不惓惓也。今获归侍，以遂其愿，且将再入闽，挈家属，以成归养之乐焉。能文之士往往庆喜咏述之，而来请序。余念兵兴以来，宦游岭海者，吾乡盖若干人也。今之归者几人哉？身归矣，而眷属全于外，父母兄弟安于家，褊衣列鼎，其乐不减承平之旧，如吾金生者亦有其比哉！

余故以为所遭之不偶然也。生为倩于彦昭氏，彦昭之父仲贤君〔一四〕，称隐公之女夫，斯家学所自来也。彦昭之于金生，即称隐之于仲贤也。景山、称隐，昔吾所师；彦昭、伯琴，吾所友善，故于生之家庆不敢第以劳苦于前，而佚乐于后者，颂之乃为道其家世之懿，而以极男子之所事者望之。洪武第三祀（按：三年，一三七〇）正月辛卯朔立春里人朱升序。

梅谷隐居序

旧友张君鲁瞻儒雅好古，帖所蓄东坡、山谷、南轩真迹，虚谷、弘斋皆尝为之题跋，时为难得之宝。壬辰（按：至正十二年，一三五二）兵火，鲁瞻与帖皆亡，每驰于怀。而鲁瞻之犹子伯谦有承宗诗书之美，倜傥好义之风，为之敬慕，鲁瞻为不亡矣。

一日携赵子常为其所作《颜公梅谷隐居记》示余，余谓颜公，休邑之大山，梅谷为颜麓之胜地，隐居于是，名不虚得。昔李愿藉韩公之文，以居盘谷而无其实，何可同年而语？矧梅为皎洁之孤芳，有隐逸之真操，尤可尚也。今伯谦多善，能总众妙，岐黄方书、唐许藻鉴、景纯地理之学，无不奇验。业既精，游必广，当大有用于世，恐不得专此梅谷之隐也。虽然，我知之矣。人以学求名，君以谦自牧，则其游也，如班生之投笔，如司马公之志名山大川，如庄生之《逍遥游》，自适其适，吾岂求知于人，而人亦莫知吾游之乐也。壮哉游乎！

趣，余老且拙，惟目送车尘，而未获同游之乐，荣归有时，当共盘桓于梅谷，玩疏影暗香之奇，盖自此始。时洪武戊申（按：元年，一三六八）十月望日，隆隐老人朱升序。

送程仲本之龙川侍亲序

程仲本年十八〔一五〕，从乡先生东皋翁学经术举子业〔一六〕。去侍尊父官龙川，谂其亲。友朱升曰：植也，学于此而习于彼也，从师之日少，而侍亲之日多，惧夫业无所从请，而疑之无质也，故于诸经多其受，而姑日涉猎焉。问学也，则先其节目于为文，求得其旨意程度而已，缀之成篇，则在定省之暇。噫，仲本之于学，其因时制宜者哉！然愚观仲本之为人也，其质弱，其气不充，不副其志，千言成诵，率读二百馀过；饮酒不能一蕉叶，清癯之体不胜衣，而攻苦食淡至甚；立程自挞，暮辄歎叹，惟日不足，坐以待旦。

愚生春秋三十有四，几倍年于仲本，昔亦执经东皋先生馆下，离师而荒，旧业坐耗，真所谓悠悠者，仲本盍少损其汲汲之过，以相益哉！

今夫举子之得官也，秋试于乡，春受命于朝，其卑者亦至贰令，彼由外之学，职吏员与向之岁贡茂异，积月日以至于邑丞，非二、三十年不可也。二、三十年之地位，以得是职，不亦劳乎？此之功夫尚必循序而渐进。

夫田夫工女之志于温饱也，得之非一旦夕，不种不获，不缉不织。古人之于经书也，口诵而心惟之，故诵不以口，而自然入于心，以见诸行事，以极夫儒者之功用，或弦或舞，或息或游，故从事也不苦，而腴味达乎四肢。六经以下皆文法也，其理明，故条达而永；其义精，故圆致而严。气之所发，其辞雄；意之所止，其篇终。作文之本在读书，读书之法在循序。古者四十年富力强，道明德立而仕，今举经明行修，亦限二十有五。仲本循序而待年，其进可量哉！

昔者尊父大尹之筮仕于京师也，日念扬名显亲，不敢忘也。君臣大义，无所可逃，故惟所得而恂恂焉，惟所事而勉勉焉，非无致力以助长之地，不肯为也。今则宰南彻之百里，假大州之一麾矣。积之久者发必宏，将遄致黑头之公于不难矣。方其初时，岂不有躁进？倖得之徒，从旁而发迂阔之笑者，顾今所成孰在？仲本之为学盍视此？壬申（按：至正二十八年，一三六八）秋中朱升书。

詹田孙氏家录序

古者王朝有史官，诸侯亦各有国史，下而至于都若家，有土地、人民、甲兵、钱谷之数，宫室、宗庙、官司、祭祀、往来之事，则亦必有纪录焉。又下至于事物之书，若山经、地志、职官、氏族之类，皆史流也。然而古之为史者，必考求理乱兴废之故而著之，善观史者亦必因其文而得其心焉。夫是以感发惩艾，而有益于国家、身心之理，非直以为闻见也。是故刚者必折，抑者必发，骤兴而遽灭，几绝而复续，此皆造化之机，天之道也，上士默观而会之焉。中人以下不稽，而鉴诸人事之切近者，未有能动其心者也。

孙君仁远撰其家录，尊祖而敬宗，敬宗而收族，墟墓之纪、言行之传，感慕之情，忠厚之道，无不具见，而其微意所以示乎后人者，尤在于此。

余谓仁远为是录也，孝诚尽焉，祖德彰焉，后人得以鉴焉，而凡善读者，于身心家国之理，咸有功焉，是一举而四得也，故于玩复之馀，而识之卷末，以告夫读之者云。岁辛卯（按：至正十一年，一三五一）七月甲子既望友生朱升书于池学尊经阁。

送鲍尚褧序边允中 尹典文 戴尚文 鲍尚褧 郑伯原 方宏远〔一七〕

十二年（按：至正十二年，一三五二）五月，徽守王公诧所贡士于朱允升曰：「边、尹躯干言论，可观听也；戴、鲍学问文辞，可取也；郑、方才干，可称也。吾坐一堂之上，而得人才如此，此不易哉！」允升俯不敢言，再问，拱而立，曰：「是诚不易也。自昔升平之久，有教养之素，且患其难得焉，且今蔽贤之责有可辞，而滥举之罚不可解，公盍慎诸？」

公曰：「吾所贡定矣，子无庸言，但为我第甲乙。」曰：「不尽识其人也。」曰：「第其所识者。」曰：「鲍尚褧为甲。」公惊曰：「噫，馀皆其下乎？不有戴尚文乎？」曰：「此二人也，尝与游处者也，知之悉也。且公之举也，专为治经博士乎，抑亦使其出入长治，用于时乎？由前戴贤，由后则鲍。鲍不甲于馀人，甲于戴某，所识者也。且戴与鲍异：鲍事祖父以处乡，大得人心，年来科差数十倍于平时，俭勤供给，家事不甚落；戴失父四年矣，落其业半，才亦不同。鲍中耿而外和，与人言辨而婉，能使横者直，逆者顺；戴于所不合者，几不能一语交，性不同。戴唯治举子业，今刍狗矣；鲍稍研小学，喜为人作传隶，学不同。唯鲍之祖会昌同知年且八十，父未老而耄；戴有子甫六七岁，无应门之童。二人者羁于家事，而不可出，则同耳。其余乌可比也？」

公曰：「若子之言，戴其无所用乎？」曰：「用于经生学士，未尝不可也。若尚騃者，倘处之繁剧，以弃其学；畀之钱谷，以违其才；置之远外，以乱其孝养之心，则犹戴之无所用也。」

公大喜，谢曰：「子之言，诚不私于所亲也。」兹以尚戴之行，而书答问于郡守者，以为赠言。

校注

〔一〕《小四书》为朱升汇辑的丛书。该书收有宋方逢辰《名物蒙求》一卷，宋程若庸《性理字训》一卷，元陈栎《历代蒙求》一卷，宋黄继善《史学提要》二卷，凡四种。今存明清以来刻本十种，详阳海清《中国丛书综录补正》。

〔二〕《读易考原》一卷，元萧汉中撰。汉中字景元，泰和人。此书成于泰定间。凡三篇：一论分卦，一论合卦，一论卦序。朱升作《周易旁注》，始采录其文，附于末卷。今萧氏原书已佚，赖《旁注》引录得存。

〔三〕朱子范谓朱模。模字子范，休宁苦竹人，幼师陈栎，壮师余载。元末以有司荐授滁州及来安簿，后改授六安州判。传见《(弘治)徽州府志》卷八《人物·宦业》。

〔四〕、〔五〕「邑」原本作「色」。误。

〔六〕原文如此。据上下文意，此处「不能」当作「能」，或作「不仅」。

〔七〕鲍颖字尚䌹，一字尚騃，歙人。从学张子经、胡梦成、郑潜。洪武初以荐起，历官翰林修撰、承直郎同知制诰、国史院编修，出为耀州同知。传见《(弘治)徽州府志》卷八《人物·宦业》。「颍」原作「颖」，从府志改。

〔八〕杨季诚谓杨琢。琢字季诚，号放鹤翁，休宁人。洪武初以朱升荐，授休宁教谕。传见《(弘治)徽州府志》卷六《选举·荐辟》。

〔九〕朱珍字仲理，号理斋，至正二十四年(一三六四)任休宁县尹，有政绩。传见《(弘治)徽州府志》卷四《名宦》。端公谓端木以善，见卷三《东村老人序》注。

〔一〇〕汪成德谓汪致道。致道字成德，黟七都霞阜人，师事倪士毅。至正十二年(一三五二)起兵捍乡，十七年(一三五七)所部义兵散，归田，邑令委以县簿，后郡守荐于朝，授滁州全椒县簿，改监安庆。洪武元年(一三六八)升知徐州萧县宰。传见《(嘉庆)黟县志》卷六《人物·宦业》。

〔一一〕叶宗茂名保翁，字宗茂，以字行，号茂斋，休宁人。从学余复卿。至正末，与汪同协谋，起兵保乡，明初授婺源知州，升饶州知府，坐事免。传见《(弘治)徽州府志》卷八《人物·宦业》。

〔一二〕叶仁，宗茂子，一名真寿字大年。年十九，上书请代父罪，朱元璋嘉其孝释之。所撰《请赎父罪书》，载《(弘治)徽州府志》卷十一《词翰·书》，传见《叶宗茂传》附。

〔一三〕郑彦昭谓郑潜。潜字彦昭，号棣庵，歙人。元末任福州行省员外郎，海北道廉访副使。明初以故官起，升潞州同知。传见《(弘治)徽州府志》卷七《人物·文苑》。

〔一四〕郑仲贤谓郑绍。绍字仲贤，潜之父，以文学荐授鄮山书院山长，历任江西湖东道，后以潜贵，赠礼部尚书。传见《(弘治)徽州府志》卷七《人物·文苑》郑潜附传。

〔一五〕程仲本谓程植。植字仲本，号古愚，休宁汉口人，从陈栎学，而卒业子朱升之门。传见《新安学系录》卷十六。

〔一六〕东阜翁谓陈栎，栎字寿翁，号东阜，休宁藤溪人。受业于黄常甫，致力于朱子之学，著有《四书发明》、《书传纂疏》等。晚教授于家，足不出乡里，所居堂曰「定宇」，学者称「定宇先生」。传见《(弘治)徽州府志》卷七《人物·儒硕》。

〔一七〕鲍尚褧谓鲍颎，参见《题夏君再判新安序》注。

朱枫林集卷五

七　古

赋梅花初月酬汪古义诸公并序

至正丁酉岁（按：十七年，一三五七），余由金陵还山，诸公为赋梅花初月楼诗饯行，作此长歌以答之。

冬至之后江上春，来车去马秦淮滨。峨峨钟山楼观古，翼翼南国衣冠新。此时游子逸兴发，客衾忽梦饮溪云。金陵弟子来相送，文儒有赋梅花初月尤殷勤。我昔盛年学书史，担簦载贽非隐伦。中遭丧乱百念息，揣分甘作山中人。山中得此构重屋，惜其背寅乃面申。湑宵魂交古君子，为云安名一何神。寒梅始花日出辰，当楼新月悬钩银。天根阳生花实茂，月窟魄死光辉沉。蓓蕾数点春，我已见其映雪千树之玉津；飘渺一眉金，我已看作行天五夜之冰轮。功名事业塞宇宙，敛之方寸谓之仁。隆中窥此诸闻达，莘野抱此称天民。即今谁因乃成比？故人陶侃与贺循。未能陈力当引去，山中梅月姑相亲。天根月窟古所云，动静之机斡洪钧。世人漫作《复》《姤》二卦看，缘何得见梅花初月之景象，与夫隐者之天真？再拜文儒领佳贶，长歌作谢卿自申。

杨大鉴为幕府绘搏法百图题

相台画史杨大鉴，眼光如鉴鬓如钐。搏法千年已失传，貌出百图非汎汎。剑一人敌学之难。岂知徒搏无伤残。强梁侠儿里中横，颠倒掀翻掌股间。幕府昼长风拂拂，窗前卷舒此何物。担夫当道草书精，军人起距火牛出。我欲推恶却厌兵，欻然见此心眼明。垂老宁知才思尽，等闲为写丹青引。

题归隐图

冲陶先生名如山，何得画在云山间？布袍鬓丝晚风满，应缘归自江之湾。画师当时偶相值，岁幕相思走珍寄；横茅老硐树参差，毫端似得山人意。山人家乃无一金，是中所有千古心；豪杰闻风失匕箸，学子问道罗冠襟。芙蓉山腰石头路，钓名射利人如骛；匆匆不省认江湾，宁识冲陶最深处。

酬黄仲器惠笺纸

萍水相逢成忘年，白玉阿莘灯窗前。余无无住道人句，正自怜，何以当此十样笺？十样笺。展开光如镜，便如黄裳剑潭牛斗映；又如叔度汪汪波万顷。劳君赠，感君赠，肖人才短笔砚疏，此笺十年用有馀；文物相施还将文物报，试学乃祖黔安书。

四月一日同黄君启饮高堰徐氏偶题〔一〕

层云暗暗愁春风，昨夜子规春树东；客怀为此不肯醉，长途俗子来憧憧。鸣笛考鼓摇旌旗，射福媒利神鬼丛；乃知今日四月朔，光阴客子嗟飘蓬。前溪妇女立欲渡，长裙短衫照溪红；溪北亦有青衣士，倚阑汗目停酒钟。劝君不用苦伤春，春夏生意何淡浓。北风十月吹老树，翻想此景不可逢。二贤终日酒樽同，腾踏不学商山翁；苍天无遗苍生穷，呜呼！苍天无遗苍生穷。

和唐令尹喜雨谣〔二〕

乖龙行雨来，阴云暗长空；父老急避雨，枕藉丛祠中。共说今年好令君，愁民心与天心通；推收不行二十载，编户流离注虚税。救焚拯溺不移时，感召丰穰如有期。夏潦秋必旱，家家发忧叹。人言令君先民忧，祷神得雨民忧散；绝怜得雨如得金，黄金不入饥时眼。君不见，去年河陕间，到处各有守令官。尽心弭灾岂无术，坐使生齿遭艰难。忠臣忍读罪己诏，富儿勇取入粟官。呜呼！从渠入粟为官至卿相，徙薪合在焦头上。

再和喜雨[三]

长风吹云云似墨[四]，倒海倾河来倾刻；父老欣欣拜令君，令君说是天公力。佐曹未离神庙里，祈祷灵通乃如此；但讶炉烟起作云[五]，那知心液蒸成雨。高田梯级流天浆，穷原广壑如陂塘。明日入山取竹木，早趁好日添囷仓[六]。百姓莫忘得雨喜，日祝令君寿千岁。令君常持祷雨心[七]，百姓生灵望更深。君不见，蔀屋年来转焦苦，胜似枯田待甘雨。

五古

赋怪蝶并序

国初辛丑岁[八]，有蝴蝶大如纨扇，飞止人家，忽变怪鸟，散集乡村。居民兢设香烛为供，休尹钱德辅亲往视，击杀之，且罪其为首者为谕众。怪遂息，感而赋此。

蝴蝶本化生，变化剧仓猝；其父名乌足，其子乾馀骨。古有南华仙，偏爱谈此物；终然归一梦，物我两飘忽。近日雒□氓[九]，流言自南国；妖徒竟传播，奸类争出没。海阳贤令君，此时诛怪惑；快挥判花笔，勇作击蛇笏。寓公权德舆，人杰不世出；法路启端倪，诗史书始卒。坐令穷山民，脱然超鬼窟；锦鲸始卷还，词源方汩汩。

题静庵

三圣妙传心，心体存于静；执中又三言，近来惑未省。诗书每谆切，邹鲁犹衍永；德性敬所尊，放心闲弗骋。归根乃春茁，用晦岂灰冷；彼所谓善刀，我所谓尚褧。寥寥越千记，春陵一提醒；紫阳书满家，鼻端最机警。南州今孺子，名庵在近境；明当从之游，飞度韩田岭。

和休邑唐明府哭弟韵〔一〇〕

执手忆长路，托体悲高原；同论手足恩，常情可忍言！公家比令弟，高怀寄林园；文章丽以则，善庆子又孙。元方人所钦，清流想同源；帷帝所讲贯，华藻相翩翻。人生会有归，橐籥吐复吞；修短一间耳，古来谁独存。不忘谓之寿，可与通人论；开导其嗣息，天理培灵根，啼乌夜欲旦，飞蚊日将昏；勖哉崇美德，忧喜在一门。

山泉楼寄陈实卿〔一一〕

丽泽期良会，蒙泉慨独登；居常神已舍，到此恨愈增。休沐知多暇，追随愧不能；五城便笑傲，六月绝炎蒸。乐共难已被，心传季父灯；重来应旦暮，留语谢溪藤。

闻仲节至以去年倡酬韵作诗迎之

中澥飞真洒，空令访隐居；来期数日近，别憾一年馀。联句星源夜，持觞岩镇墟；清欢成昨梦，尘土上衣裾；我抱穷民叹，公知宰物私；著书瞻乃祖，宜室庆佳儿。应有新来句，能消客里悲；炎途宜早发，目断碧云驰。

题林泉风月亭并序

桂岩程先生家林泉风月亭，其先大夫帅斡公所建也〔一二〕，壬戌（按：至治二年，一三二二）之秋，始与其伯子顺识〔一三〕，携至其家，坐于斯亭。越明日，又与其仲子坚识，及婺源程仲光四人同坐，以亭名分韵赋诗。余得泉字，勉成一章，唯览教之。

竹树拥天宝，石水通人烟；好风秋淅淅，皎月昼娟娟。幽人美云居，四妙具东偏；筑亭揽斯有，古意溢盈椽。方亭水为基，三叶相承传；岩香发秋桂，老椿记当年。濕来何所拟，峨眉老人泉，凤巢毛不殊，我识存与全。

七　律

题方山楼〔一四〕

《易》称坤静德所方，楼对方山拱画堂。突兀仙居雄里闬，淋漓华扁照楣梁。青山滚滚开书帙，馀庆绵绵到笏床。老子个中无一事，翠屏松竹共苍苍。

题吴仲尔云眠小隐

吴君家在黄山西，楼阁突兀双溪湄。青灯炯炯读书眼，白酒滚滚游山诗。其谁画之澄心纸，团面衣古冠履。白云满地未遽眠，闲睇遥天俯江水。

游齐云岩值雪有作

怪石飞云路更斜，长风远水思无涯。金仙直竖兜罗指，玉女细挪蘑蔔花。兴到直须斟北斗，壶倾安得唤西家。岩神刚许云衢步，好称先生鬓未华。

次韵汪伯恭总管一览

岱宗峰顶碧天垂，超世飞仙此地宜。脚底有山出云气，空中听我咏篇诗。当时历视景如画，今日重味来似卮。一览名楼应契此，倚阑游目许何时？

次韵牡丹

碧玉丛中锦绣堆，浓酣春日自低回。绝怜国色花中主，几费诗人洛下杯。清胜麝囊香乍拆，艳匀宫彩巧初裁，何时去作长安客，玩赏相随一笑回。

盆荷

闲向窗前凿小池，规模虽窄颇稀奇。澄澜清浅无三尺，嫩蕊初开一两枝。日照黄心香馥郁，风翻翠盖碧参差。浑如宝鉴涵明月，对此宁无酒共诗。

其二

堪羡幽人古瓦池，能令眼界足清奇。鱼儿闲泳冲萍藻，莲蕊初开不蔓枝。白石雨馀浑凿凿，碧泉风动更参差〔一五〕。二难华萼相辉处，时复临风共赋诗。

其三

贮水栽莲瓦盎池，西湖风景岂专奇。高呈艳艳红妆面，特立亭亭碧玉枝。静影月涵光皎洁，浅波鱼戏漾参差。主人心与濂溪会，一日何妨赋一诗。

其四

荷种陶盆当曲池，远观亵玩总称奇。花开水面无多蕊，香喷风前敌万枝。醉脸临轩红掩映，舞裳摇影翠参差。斯花不是真君子，争得骚人苦赋诗。

其五

白石青泥小瓦池，新荷出水影偏奇。华峰移下无双种，竺国分来第一枝。杯面月光浮荡漾，镜中云影动参差。骚翁行照须眉处，安得辞劳不赋诗。

春寒喜晴

雨歇微寒酿晓晴，富翁聊尔锦袍增。迟迟春日堪游子，拂拂东风已泮冰。几片墙阴梅雪褪，万丝堤上柳烟凝。诗人陡倚阑干立，更上危楼第一层。

春雨

厌听阶除滴滴声，霏霏微雨逐风轻。园林艰赏花空好，泥泞难行草自荣。连日浮云长叆叇，今朝红日得开明。余心拟约前川乐，傍柳寻花快此晴。

又用前韵谢人惠诗

士林柱石振文声，志乐林泉势利轻。指日安车侪李氏，他时执爵等桓荣。觌君风采心犹喜，惠我珠玑眼倍明。今岁得为桃李客，始终是赖见交情。

赠程子静生日〔一六〕

程生眉眼如新月，生日欣欢置酒樽。王父仁恩在民庶，乃翁世禄遗儿孙。和风欻欻回山市，春树亭亭对学门。勉尔灯前勤受读，发扬家学诏来昆。

寓钱塘题杨元诚奉使回吴中揭曼石所赠序

彩绚吴笺茧理斜，龙须沤楮压冰花。风帆载重归苍汉，春殿翻经拥绛霞。挥洒定崇前世典，宠光先到大臣家。遥知朝着虚贤席，莫为湖山枉使槎。

送李太守赴诏回京

昌黎诗文送陆守，千载之后验于君。下车期月民正喜，赴召顷刻留无应。五月梅溽山雾暗，六马启道晨光新。作霖大慰天下望，回头还念新安民。

送金汝霖之浙

景辉老子挺前修，喜有名孙入品流。恰自西江得休暇，遄从东土作清游。圣书六字标吴墓，世宝千龄閟虎丘。更上会稽探禹穴，归来肯复写龙头。

送金彦中赴浙行省告承袭

锦帆兰桨去如飞，看尽江花到省薇。抽矢广庭杨叶小，谈兵上幕杞材希。即令岁月来无际，况是风云气有机。平世尚须尊武弁，芳年未许试班衣。

送回岭汪士林之杭

武林物色入诗香，把袂安能□四方〔一七〕。酒尽一尊山意晚，舟行六月水风寒。壮怀去去游而乐，道路悠悠阻且长。若见虚翁烦寄语，文章日月与齐光。

送朱巧

西上欣逢雨送舟，不殊一鹗举清秋。旧闻王灿依刘表，今见何常荐马周。总帅好贤敦古礼，书生立志绍前修。吾宗后学当期子，尔祖声名万古留。

酬汪子益寄诗

吾曹秋拟冷官僚，得子新诗破吝骄。茆屋每缘人借重，桃源不与世相遥。平生短翮追云鹄，何日桑虫类细腰？忧道忘餐只自苦，一尊评比欲君邀。

谢孙瀛州并序

昨便道求见，值从者他出，恐归知系念，未免假姓名以相安，岂谓二日之迟，遂偿一生之愿，长者不鄙，下顾寓斋，感喜不可言也。前过不可以不首，先施不可以不报，诗述其意，幸甚一粲。

昨日长桥访隐庐，今朝寓馆辱高车。宣尼作么报阳虎，张禄原来是范雎。避暑寺中相约旧，挹和石水纳交初。不堪携刺来看处，马首匆匆问所知。

次韵谢陈正父并序

去年冬归家，陈正父有送行诗，拟春来酬和而忘其原韵，正父忽又以他诗见示，径用其韵作诗奉谢。

年来多难剧伤心，难向蓍龟问陆沉。背我年华唯自惜，动人春色不渠禁。愚知伯鲁非忘旧，归愧渊明未觉今。珍重主人临别意，漫依新韵献微吟。

题柏山齐祈寺和唐子华韵丁酉赴召时作

西风笳鼓东南来，国本应须老手裁。净洗甲兵过练水，早随冠冕上云台。传宣马系门前柳，作颂人磨石上苔。机会到时须勇进，天边莫待羽书催。

次罗应玉凌云台韵

台扁凌云俯碧园，众芳围绕绿阴繁。崇高不数重山艮，坚实疑加载物坤。卧看青云行碧落，吟倾绿醑泛清尊。佳名妙句两臻极，总有飘飘逸气存。

送方伯润松萝山读书

一上松萝数千仞，学如九转鍊还丹。且将员木警宵寐，莫压断齑供昼餐。松叶乱云孤幛暝，杏花疏雨晚窗寒。乐羊莫起思乡念，应误佳人机杼难。

题凤山余镛读书处[十八]

凤凰山上凤凰鸣，凤去山留百代名。世治有人来结屋，明月何处听吹笙。碧梧翠竹炎光薄，黄卷青灯夜气清。会见来仪为世瑞，九重天上待蜚声。

五　律

得詹田佳城

风水集詹田，藏川夹石川。留心垂半世，藏体付千年。海内风尘息，城南灯火偏。亲朋何用哭，含笑入黄泉。

谢陈弘道饮余春酒

昨来叨宴遇，剪烛夜沉沉。和气醉连昔，谢名迟到今。无人共酬景，有憾易伤心。只合移高馆，清谈听鹤林。

寒食作并序

寒食清明日与诸友期会临溪，以雨不能集。遂同君启、子益及淦孙冒雨空归，途中分韵，得时字

浮生悬美晤，苍昊靨幽期。滂沛五更雨，留连三月时。林园成绿暗，花树失红滋。倘有游观兴，黄花未是迟。

送陈自新上永新〔一九〕

有客志高远，不奈拙谋生。捋须出肺肝，四座相为惊。何门可拽裾，何处有鱼羹。豪杰乍相见，为尔嗟不平。

其二

南窗脱乌帻，汗颗不胜洒。此际向长途，知非得己者。木川郁佳树，已是息波马。川云肯上天，须臾雨天下。

其三

元帅古却縠，好客今郑庄。庇人千万处，况乃敦同乡。作客亦有时，为乐不可常。油幕饱膏馥，勉尔归屠羊。

贺陈亨衢长子迁新居并序

令长翁荣构华处，卜吉新居，众人相贺，莫不以高明爽垲为说。至其善颂，犹不能出张老意度外。小子则否。谨按《礼》：命士以上，父子异官〔二〇〕。自非鲤庭闻礼之熟，安能居今而复古礼如此？不然，是亦天资之美，暗合法度，亦足可喜。此吾儒所当提掇者。他如父母俱存，兄弟无故，争迎取养，优游安逸，亦贺言之所不可少者。意长语约，四十字以见情，幸甚一览。

圣王尊命士，父子不同官。末俗嗤陈迹，名家尚古风。过庭诗礼旧，分橐酒肴丰。超出斯干上，高堂坐媪翁。

七　绝

四美堂以后十二首为陈弘道题

有客留题四美堂，东涂西抹妄平章。原来只是四时好，雪月风花相发扬。

东园园居四美堂之前

卉木亭台景实稠，不留隙地豁吟眸。举头见有空闲处，又构飞云十二楼。

环秀楼

楼外周环列秀峰，先生爱此意无穷。不放水纹浮枕簟，但教栏槛倚晴空。

青子亭

杭人食梅不待酸，只须豆样荐金盘。若教青子亭中坐，看有何人不整冠。

芳馨亭

满架芳尘似雪开，眼鼻受用贪忘回。暮归却被娇娥问，何处惹得香风来。

长春亭

月挂棠花不但梢，斯人憔悴强婆娑。主公也有长春药，千壶倾倒醉颜酡。

花仙径

二月时光春事浓，海棠花发透脂红。若还真有仙风味，那得中间一径通。

武陵源

武陵源里桃花春，世俗传闻昧伪真。早知只在东园里，大有高人来问津。

济舟亭

为怕燕姬翠黛愁，画船舣阁两津头。因兹便得济川妙，只用舆梁安用舟？

岁寒亭

后凋向说柏兼松，今此名亭又不同。直为正心难屈致，但蟠香叶绿葱葱。

得心亭

乐得之心自有邮，智仁肯向陈编求。威望何如山厚重，机心未逊水周流。

赠星士汪晓窗

五星三命原非古，后世推详便尔灵。若舍根源求尅应，晓窗谈说自堪听。

其二

十人谈命九无术，有术逢迎不直言。今日见君成促坐，清风蓄露洒前轩。

其三

纷纷世俗爱言好，好命如今见者稀。言好暂欢终爱訾，晓窗不是欠圆机。

其四

不掩迍邅不讳贪，高谈慷慨见天真。彦章自是江南宝，且向江湖觅好人。

其五

我亦劳君算五行，三分富厚七分清。春深雨足长青草，数亩山田自可耕。

登颜公山

咫尺九天低日月，分明千里俯山川。颜公登跖只如此，空悔尘中六十年。

留金陵送毕功大州判归〔二二〕

杨柳袅娜酒旗摇，人去人来朱雀桥。老我送君人送我，迟迟几许意难消。

其二

酤芽茶嘴挹流泉，人世纷纷我是仙。客里自悲还自释，歙山享用已多年。

其三

碧流清浅且无波，酒鼎船头秋月多。舍弟同游应念我，我诗有味好吟哦。

其四

劳逸人生各有宜，扶桑汲汲有峰□〔二三〕。毕公今日还山喜，似我当初得举时。

代人作春闺怨十首

一别刘郎万里遥，少年背我暗魂销。屋檐初日暄黄口，拥被孤眠又一宵。

寂寂深闺春昼长，憾郎不为惜流光。画文剥尽琵琶面，好似奴儿去后妆。

昔日红桃花发时，每挪花片比琼肌。如今却被桃花笑，晓揽青铜草样萎。

生来最不耐离愁，缜日娇啼倚画楼。邻舍女儿竟相笑，奴家半月不梳头。

一春芳事在青郊，红杏将花豆蔻苗。嬉伴昨宵相约定，谁知痴雨打花朝。

东风疑不到窗纱，惊见盆桃尽著花。郎意岂胜春意荡，远游亦合暂还家。

了了如欢杳杳悲，凝情尽日听乌衣。郎归莫作呢喃语，薄倖疑君说是非。

庭前红杏笑嫣然，前日初开蝶恣穿。轻翅不来留粉在，空教妾意憾当年。

春来花月胜秋光，也为离人照断肠。何日儿夫重携手，清宵不复倚颓墙。

狂夫一去不思归，桃叶能随柳絮飞。惆怅北溪溪上路，只同梦里唱金衣。

校注

〔一〕黄君启即黄枢之父，休宁古林人，号古林先生，与朱升友善。传见《（弘治）徽州府志》卷九《人物·隐逸》。

〔二〕唐令谓唐子华，见卷三《跋唐子华画赠邵恩善诗卷后》注。

〔三〕《(康熙)休宁县志》卷之七《艺文・题咏》署题为《喜雨行》。

〔四〕《(康熙)休宁县志》卷七《艺文・题咏》「吹」作「驱」。

〔五〕《(康熙)休宁县志》卷七《艺文・题咏》「讶」作「见」。

〔六〕「趁」原本作「称」，此据《(康熙)休宁县志》卷七《艺文・题咏》改。

〔七〕《(康熙)休宁县志》卷七《艺文・题咏》「祷」作「祈」。

〔八〕「国初辛丑」，疑有误。元、明之初均无「辛丑」。府、县志书亦未录休尹钱德辅任职年代。

〔九〕原缺一字。

〔一〇〕唐明府谓唐子华，见卷三《跋唐子华画赠邵思善诗卷后》篇注。

〔一一〕陈实卿即陈光。光字实卿，陈栎从侄，博洽群经，朱升、赵汸多所取正，隐居教授，人以「书厨」目之。传见《(弘治)徽州府志》卷七《人物・儒硕》陈栎传附。

〔一二〕程桂岩谓程恕。恕字以忠，后以字行，休宁富溪人，从黄常甫学，传见《新安学系录》卷十六，帅翰公谓程骧，元中书舍人。林泉风月亭在休宁富溪，洪炎祖尝为之记(见《(弘治)徽州府志》卷十《宫室》)。

〔一三〕程顺，又作程伯顺，名存，程恕子，师事陈栎，所著《太极图》，朱升亟称之。传见《新安学系录》卷十六。

〔一四〕方山楼在休宁率溪，程仁(字国英)建，朱升有《方山楼记》见本书(卷六)。

〔一五〕「参差」，原本作「差差」，当误。

〔一六〕程子静谓程天。天字伯静，一字子静，休宁汊口人，受业于朱升、赵汸。洪武辛酉(十四年、一三八一)以文学举任卫辉府胙城知县，后升中军都督府断事。与朱同、范准同庚、同业、同师、同死。传见《(弘治)徽州府志》卷六《选举・荐辟》。

〔一七〕原缺一字。

〔一八〕余镛字子韵，休宁凤湖人，初隐居读书。洪武四年(一三七一)举明经，为开封荥泽县丞，摄郑州事。传见《(弘治)

徽州府志》卷八《人物・宦业》。

〔一九〕陈自新谓陈鏊。鏊字自新，号伴竹，休宁藤溪人，陈栎曾孙，从朱升、赵汸游，性介直，长于诗。传见《（弘治）徽州府志》卷九《人物・隐逸》。

〔二〇〕「官」原本作「宫」，当误。（《礼记・内则》：「由命士以上，父子皆异宫。」）

〔二一〕《新安文献志》卷五十七，只录其一一首，题作《钱毕公大还山》。

〔二二〕原缺「之」字。

朱枫林集卷六

策

六经源流浙江省试

问：圣人之道载于六经，六经之旨明于传注，然其传袭之有异同，学问之有浅深，亦岂无可讲者夫？《易》画至六，而卦有六十四，此伏羲先天之图，何孔子未尝明言，而邵子独得其传乎？《连山》首艮，《归藏》首坤，何二《易》俱亡，而《周易》独存乎？京房沦于术数，王弼间以老庄，固无足论者。程子专于理，邵子专于数，朱子兼理数而专于占，可得闻乎？果合于古乎？《书》始百篇，既遭秦火，伏生之传，才二十馀篇；马、郑所注，果皆晁错得之口授者乎？壁中之出，增多二十五篇，何今文古文分合难易之不同乎？孔氏以序冠篇端，蔡氏何以复删置于后乎？《诗》有齐辕固、燕韩婴、鲁申公，而毛苌之出稍后，何苌之学独行乎？朱子传注诸经，自谓于《诗》无憾，然其序文之去，音韵之叶，经纬之分，亦有所本乎？《春秋》「邹」、「夹」既亡，有「左氏」、「公」、「谷」。唐陆淳以来〔一〕，说者无虑数十家，孰为合于经乎？近世程、刘、吕、张之说，各有攸当，何胡氏独用于今乎？《礼》有《周官》、《仪礼》、《礼记》，河间之献，新都之用，果全书乎？淹中之出，曲台之记，何止存十七篇乎？大小《戴记》，始三百馀篇，其后删合为八十五篇，又损益四十三篇，何今所存《小戴》乃增多六篇乎？《仪礼》其经也，亦有异同乎？今何舍经而用传乎？此其大略也，诸君子方以经术用世，其考核精矣，愿条陈以对：

《诗》、《书》、《礼》、《乐》，先王所以造士之四教也。《周易》、《春秋》，孔氏赞之修之，以为世教者也。大哉六籍之功乎〔二〕！立天地之心，植生民之命，措斯民于至治，传是道于无穷。先圣后圣，因时而起，制作传述，其事不同，而此心此理，则未尝异也。学者存此心以烛此理，则味诸经文而释诸传注，此所以有得也。此心不存，则理路昏塞，意见背驰，固懵然于圣人之经矣。传注传袭之有异同，则滋惑之大焉。大抵圣人之道散于万殊者，非狭小之心胸所能包罗也；敛于一原者，非粗浅之意见所能造诣也。问学至于浃洽，思虑通乎神明；然后有见于化原，有得于古初，而圣人之经可得而言也。是故《诗》者，人情之宣也；《书》者，政事之纪也；《礼》者，列义理之序；而《乐》者，陶天地之和也。《易》者，上古圣人所以开物成务；《春秋》者，吾夫子所以正王道，而明大法者也。皆非可以易言也。

夫《河图》、《洛书》，顺逆生尅，天之所以视经纬也；先天后天，对待交易，圣人之所以明体用也。此万化之原，万事之本，六籍之门户也〔三〕。《易》画至六，兼三才而两之也；卦有六十四，八卦相荡，因而重之也。先天《四图》，盖出于伏羲；夫子系《易》传。《易》有太极章，既言卦之所以画；《说卦》天地定位章，又言卦之所以位；其但言「河出图，洛出书，圣人则之」，而不明言其为伏羲者，亦犹但言「《易》之兴于中古，作于忧患」，而不明言其为文王也。是图也，必待希夷，屡传至邵子而后大明于天下后世，则斯文之气运，有关于天，而有俟于人者，如此也。《连山》首艮，终始之际也；《归藏》首坤，静动之守也。二《易》与《周易》同掌于官，其经卦皆八，其别皆六十四。而《周易》独存者，以夫子赞之，而学者传之也。

夫理者所以御数，数者所以寓理。京房吹律，其为数也，徒烦于推衍；王弼亡象，其为理也，遂荒于高虚。程子发明《易》之理，而加一倍法之言，则知数者，莫程子若也。邵子发明《易》之数，而一动一静之间，天地人之至妙，邵子固以理而妙是数矣。夫天一至于地十，与夫盈天地间之物象，皆天地所以示人之数也。而其所以为数者，有理存焉。善有吉，否有凶，与夫致悔致吝之故，皆在人自然之理也。有疑于其理而稽诸鬼神，则必以蓍策之数焉。占也者，理与数之合也，知来之神，其数不可穷；藏往之智，其理不可易。《易》为卜筮而作，朱子所以融会程、邵之说，而发明《易》之本旨也。九图之冠于本义者，传于古也。六图之特笔于启蒙者，与夫子所谓八卦相荡，因而重之，文虽不相合，然而朱之所以推邵子一生二之义，与程子加一倍法之说同也。

百篇之《书》，既遭秦火，伏生之传才二十八篇，马、郑所注，又有伪《秦誓》一篇，自唐以来，孔氏所传二十八篇盛行于世，而马、郑注本不行矣。今文古文，篇有分合，词有难易，观其文理之相接，则可见其始合而今分矣；观其体制之迥殊，则疑其彼何独难而此何独易矣。若是者，自朱子、吴才老固已疑之，而世之大儒亦已有明辨而整正之者矣。古文《书序》自为一篇，孔注引之，各冠篇首，序文与《书》本旨往往不协，蔡氏删之而置于后，以存其旧，盖亦朱子所授之旨也。

汉儒传《诗》者四家，毛苌后出，乃独行者，理胜于三家也。孔子曰：「《关雎》乐而不淫，哀而不伤」，而齐、鲁、韩以《关雎》为刺诗焉。此其传之所以不行乎！朱子之于《诗》也，本欧阳氏之旨，而去序文；明吴才老之说，而叶音韵。以《周礼》之六艺三经而三纬之，赋、比、兴各得其所，可谓无憾也已。

《春秋》五传，「邹」、「夹」既亡，陆氏以来，其为说总总也。大抵《春秋》一书，虽曰圣人诛乱讨贼之笔，而出于仁恕忠厚之心，故其立法也严，而待人也宽，有能因其笔而得其心，覈字实而不流于高虚，推书法而不陷于惨刻，是为合于经者。程、刘、吕、张之说，各有攸当，而胡氏之传独用于今者。金陵王氏当国，废斥圣经，胡氏愤切于此，遵程子之意，为经作传，以羽翼而复之，事据《左氏》，义取《公》、《谷》之精者，是胡氏能集三传之所长，而深有功于圣经也。

《礼》有《周官》、《仪礼》、《礼记》三书，周公六典本以命官，而非以记礼，其间所载之礼，乃职掌之所及者尔。各官空土以居民，《考工》非司空之事，则六典固非全书也。《仪礼》三百亡于煨烬，而高堂生所传，仅十七篇焉。大、小《戴记》出于汉儒编辑，而今所存《小戴记》，乃四十九篇焉。淹中古经之出，曲台礼身之记，凡此皆见于班书艺文之志。自朱子《仪礼经传通解》序目，《戴记》篇目损益多寡，具见史志正等书〔四〕，遽数之不能终也。大礼有数有义，名物制度者数也，其所以然者义也。数非目击而身履之者，未易知也，而义则学者可推而知之矣。《仪礼》，经也，所记者，名物制度。《礼记》则传其义焉。远古无传，则求其数也难，不若姑因其义之可知者，而使学者尽心焉。而求古圣制作之意，以通乎其馀，则设科所以舍经，而用传之意也。执事先生所以下询承学者，既条陈以复命矣，敢因策问言外，而窃有献焉。

夫圣人之道载于经，圣人之心无穷，经之理亦无穷也。颜、曾、思、孟之传述〔五〕，周、程、张、朱之发明，凡先儒心术之所形，精力之所极，学者既不敢不尽心矣。《河图》、《洛书》之异而同，先天后天之分而合，四围皆从中起之，故方圆、逆顺、往来之妙，蓍七卦八之实迹，用九用六之微机，卦象之神奇，卦变之定法，九畴出于《洛书》之法象，三圣执中之本旨，孔门求仁之要义，《中庸》知仁勇之统会，孟氏存心养性之异用，风人诗章之体，《周颂》音韵之说，《春秋》书法之可推，《礼经》大祀之未审，若此之类，学者得毋犹有所当尽心者乎。圣人重教于万世，先儒有望于后人，其心盖何如也。存是心以明是理，用圣贤之功夫，求圣贤之精蕴，博而约之可也。不然，则专门之习，学究之讥，其于经术用世何如也。执事先生洞烛于此矣，故愚敢因策问言外之旨，而窃有献焉。

四书同异浙江省试

问：孟子曰：「仁也者，人也。合而言之，道也。」是仁与道一矣。孟子又曰：「三子者不同道，其趣一也。」一者何也？曰仁也。《中庸》曰：「修道以仁」，则仁与道又为二矣。孟子曰：「仁，人心也」，是仁与心一矣。而孔子曰：「其心三月不违仁。」孟子曰：「君子以仁存心。」则仁与心又若二矣。然仁也、道也、心也，果一欤二欤？明著之，以观精蕴之学。

仁者，天地生物之心，人得之以为心者也。此人身言，则人之所以为人者，此仁也；以人心言，则人之所以为心者，此仁也。见之行事，则合天理而无私心者，仁也；论之人心，则无私欲而有此心德者，仁也。以其体用兼言，则心之德者，仁之体；而爱之理者，仁之用也。以仁与道对言，则道者，义理公共之名；而仁者，吾身亲切之理也。以仁与心对言，则心者，兼形气知觉而言；而仁者，专指吾心真纯之理也。知此，则可以释明问之疑矣。

孟子曰：「仁也者，人也。合而言之，道也」。盖曰仁者，人之所以为人之理也。然仁，理也；人，物也。以人之理，合人之身言之，是乃所谓道也。详味孟子语意，则仁与道未尝一之也。至于答淳于髡之言，引伯夷、伊尹、柳下惠之事，而谓其道不同，其趣则一，于仁则以三子之行虽异，而皆合于天理，而无私心也。夫子答哀公问政曰：「修道以仁」者，谓修五者之达道，必用吾心之仁，盖达道人所通行，而仁者我所独得。天地生物之心而为心者，此心不存，则虽行是道，而道犹在外也。此心而存，则所行之道在我矣。此二章以仁与道对言，二者固不可以一之也。

孟子曰：「仁，人心也。」先儒谓心如谷种，仁则其生之性是也。孟子之意，盖谓仁者，人之所以为心者，然但谓之仁，则人不知其切于己，故反而命之曰人心，则可见其为此身酬酢，万变之主，而不可须臾失也。玩夫先儒反而命之之训，则孟子语意，亦未尝直以仁与心而一之也。至于夫子称颜渊不违仁，则谓其心无私欲而有其德也。孟子曰：「君子以仁存心」，则谓以仁之理存于其心，其发则为爱人也。此二章以仁与心对言，二者亦不可以一之也。

总而言之，仁者，人之所以为仁之道也，人而不仁，则非人之道；仁者，人之所以为仁之心也，人而不仁则非人之心。孟子言仁，既曰：「天之尊爵，人之安宅」，又曰：「天下之广居而犹未也」，必附之人之身焉。曰「仁也者，人也」，必直指人之心焉。曰「仁，人心。」吁！精矣。

记

方山楼记

方山楼者，程静翁新居之重屋也〔六〕。程自东晋时元潭守新安，遂家焉。至灵洗显于梁陈之际，实能捍御寇难，以德于乡邦而庙食之，神明之胄，蕃昌在他姓上。静翁居灵洗故宅里，至正兵兴以来，避地水之南，越数岁，始构新楼而居焉。静翁，气义之士也，扬貌而硕肤，善谈论而重然诺，使人望而重之，亲而倚之。邑大夫郡公往往知其名静公，往役而已，未尝往见也。方其楼之初成也，余登而落之，静翁自虑其不见舍于斯时，而莫得家之安，请楼名以自表。

余观新安江水自率山东流，委蛇以入浙，楼之所带也；吴人帝庙于层巘，曰孙王山，楼之所枕也。是皆佳山水也。楼向西南，其山未有名，而面崭然立，顶截然平，无异乎塞门之屏树也。瞻之若对筵，挹之而入座，其诸君子之平正卓立，自守而不可拔者欤？宜名之曰方山，而以名君之楼者，莫宜于此也。楼凡若干楹，广尺五十，深四之一，前轩窗几，左右室房几，绕之以厦，院表之以高门，城之以藩垣，郭之以隶舍，以待宾客，以息子孙，于无穷极，非直为游观而已也。既嘉名以颜之，又善颂而落之，而又本其世道，其为人述其所志，作文以纪之，使夫闻见者不徒歆艳于神仙之居，而知其为隐君子于斯也。岁癸卯（按：至正二十三年，一三六三）里人朱升书。

西楼记

西楼者，孙君仁远之所作也。君既成新宅于祖居之西，静山朝秀于前，詹溪秋澄于后，门庭开明，廊庑深廓，燕寝重屋，周阿翼舍，殆二百许楹，阼祀堂序，稽经合礼，起居游息，尊安优逸。人之过其里闾者，往往欣慕顾瞻，以为尽居室之美。君曰：「吾所以自处可矣，尊宾则未也。」礼：主人席乎堂之东南，宾席西北。西北，严凝之方，所以尊之也。阶：主人就东阶西向，客就西阶东向。《史记》：韩淮阴得李左车，东向坐，师之也。楼护在王邑坐，坐者数百人，而独处护于西，东向。护，邑父之客也。故降等之客，则就主人之阶，主人辞之固，乃已；不敢当东向之礼也。是以田蚡自以汉相尊，东向坐，而坐其兄盖侯西向，可睹矣。

君乃起楼于新宅之右，为屋又若干楹，大明升其前轩，北斗挂乎檥桷，中设宾榻，高广寻丈，旁列几席，坐者百人，其图画书籍横陈，而高披者莫得其名数，重屋之下，宴寝安便。宾友之来也，笑歌眺望，登降凭倚，无有不满意。士君子虽未之目见者，亦想象欣慕，以为得待人之道焉。

余尝慨世之人以其意为屋室，基爽垲之堂，斲高明之宇，凿池潴清，开户当山，以娱心目，而适其处者，亦无所不至。逮夫阶除卑接遇之礼，亭馆失酬酢之欢，主人者深居安处，清温广密，而宾姻戚友，或舍于隶人，乃习焉而若罔闻知者，斯不谓之不知类者乎？不然，孙君恬静者也，岂好为是缔造之劳哉？、

君曰：「子殆得余意，请为西楼作记。」余谓在礼舍、馆舍之者，为主是楼也，宾友自为记，以道君之德美，固不待请也。楼成于至正九年（按：一三四九）秋，记在其冬云。里友朱升拜手。

勤有堂记

先师陈先生生淳祐壬子（按：宋理宗淳祐十二年，一二五二）〔七〕，年二十四岁，始自县南五 城复

居陈村，越二十一年，积累书会之奉，始成新居于东阜之下，而扁其堂曰勤有，取诸韩公《示儿诗》语，以诏来昆也。先生未弱冠，已蜚声乡校，里老儒朱楚材奇而器之，妻以族女，实协心媲德，以成其家政。纸田笔耒，岁之入也，蚕织亦叁之一焉。是以先生既成其屋庐矣，毕婚嫁，长孙曾而科第著述，为邑里儒者第一。元统甲戌（按：二年，一三三四），先生年八十三，妃年七十九，先后六日而卒。未二十年，淮兵起，屋以毁废。岁丁未（按：至正二十七年，一三六七年），先生曾孙鎜授徒于乡〔八〕，以前翰林杨仲弘之子宗道所书勤有堂榜揭于寓屋，复先生之业，此其权舆也欤？

鎜谓朱升曰：「『辛勤三十年，始有此屋庐』，韩公诗也；『诗书勤乃有』，亦韩公诗也。观吾家堂名，惑而弗辨，幸为记以昭之。」升事先生二十馀年，谊莫厚焉；楚材公吾曾祖诸从也，属莫亲焉，宜记莫我若也。鎜以其妃始居是室，则举先生夫妇成家之故，实勤有之言，以为告者，亦莫此若也。韩公二诗，盖当时士习；昔人评之，兹无庸论。然以勤而有，以怠而废，不特读书、屋庐二事为然。第于二事中，吾侪不可不知先后耳！子其试思之，抑又有进于是者。圣人系《易》，于豫之上六曰：「冥豫成，有渝无咎。」于升之上六曰：「冥升，利于不息之贞。」先生心学有出于韩公诗语之外，此升所得于先生者，不可以不告也。少陵赠王砅诗曰：「我之曾老姑，尔之高祖母。凤雏无凡毛，五色非尔曹。」子其勉诸！正月元日记。

永思亭记〔九〕

休宁陪郭程君和卿与其从父饶州路铜冶场提领贵老〔一〇〕，立亭祖墓之旁，题曰「永思」，以飨其先。又置膳茔之田，定合族之约，俾后人世守之。求记于余。余从和卿得其谱云：凡新安之程，皆出于晋太守元谭。太守当永嘉末，有德政，赐第郡之黄墩，家焉。至梁将军忠壮公灵洗，起乡兵拒侯景，庙食于乡，子孙始盛。曰唐御使中丞都使公沄，复以乡兵拒黄巢，其中子南节领军保休宁，遂居邑之陪郭。南节之后，曰宋开州团练使全，与金人战，死池州，子先誓守墓不仕，晚问道于考亭，号东隐先生。三子：曰永正，宋带御器械，分居杭睦；曰永奇，从游考亭，号格斋；曰永彰，乡贡进士，两派并显于休宁，所谓陪郭程氏者也。

初，伊川子端彦从南渡，居池州，团练为池州统制，遂相通谱。端彦六世孙祉，休宁尉，居邑之小东门，而格斋玄孙六三无嗣，祉从子荣秀实继之，官至江浙儒学提举，贵老之父也。乡贡五世孙隆，当国初下江南，徽有兵变，欲屠其民。隆冒白刃，说止之，授本县尉，生永盈库副使忠甫，和卿之父也。

自南节至和卿，凡十六世，坟墓众多，不可无修谒之规；子孙蕃硕，不可无统萃之处。故和卿与贵老协议，以为此亭，而后岁时之间，奠献可施，昭穆可序，诚可谓永言孝思者矣。然《诗》言「孝思」，必继之曰：「维则」。使前人可则，而后人不求以则之，岂得谓之孝哉？

程氏之先，若太守之于晋，忠庄之于梁，都使之于唐，团练之于宋，县尉之于国朝，皆克世其靖乱活民之功，功之可则者也。东隐、格斋之于考亭，提举之于伊川，皆私淑。其穷理尽性之学，学之可则者也。程氏后世登斯亭也，进而飨焉，瞻祖烈以遐想，退而饮焉。惧己德之弗类必也，处为良士，出为良臣，则庶几乎「永思」之名之为称情也哉！

贵老名文贵，和卿名岘山，皆读书尚义。而贵老之兄福孙、和卿之从弟子社、子华，乐助财力尤多，且劳事，宜附书。至正八年岁戊子（按：一三四八）春正月晦日邑人朱升记〔一一〕。

四友轩记

临川吴君至新安，为余言其家之胜，有伯兄之四友轩焉。盖吴氏世以衣冠族居县东都，山水之美，若盘谷之为者。兵兴以来，避地于外，既归，而栋宇独无恙。故伯兄即其嘉植之苍翠芳香者，以一身居三者之间，而以名其轩。以为「生斯世也，而得友于是，足矣。吾絷于宦游，日思焉而不能忘也，子能为我遥为之记乎」？

余曰：「物之生也，莫不各有其德，惟无欲者能不失之。徂来之松，淇澳之竹，山有嘉卉，侯栗侯梅，其苍翠芳香之感乎人者，终古一日也。风焉而聆其声，月焉而俯其影，暑焉而休其阴。至于岁之既寒，而昔人联之以为友，凡其受命于地，贯四时而不改，先儒所谓枝上之乾坤者，非生生之易欤？伯民吹壎、仲氏吹篪，尚德其德，轩而揭之，基焉竹苞，缔焉松茂，巡檐索笑，惟吾德馨。方是时也，兴情而赋，就颜酡而歌发，太和至顺，彼我一天，人欤？物欤？师欤？友欤？三欤？四欤？五欤？不得而知之也。此天真之浑融，世运之古初。宜乎君之不能忘也。

君曰：「子言信美矣！虽然颂而无䙡。」余乃言曰：「物之无欲而不失其德者，未易浅视之也。记曰：竹箭之有筠也，松柏之有心也，二者居天下之大端矣。稽诸《说苑》：梅以花贵，自战国始，而后之风人托物莫先焉。正于内，媲松之心；毅于外，视竹之筠。英华之发，馨香之闻，洁白之姿，不怍于梅之葩花也。而后可与三物友，有进于是，因其不失者，廓而致焉以极乎！所以为人者如是，而与三者友，则冢宰侪于五卿，而六官乾坤列于六子，而八卦亦未为失其在我者焉。不然，则此三物者将语人曰：以德，则子事我者也，奚可以与我友？」君矍然跽而谢曰：「富哉子之言乎！请书以寄伯兄，使刻诸轩之壁。」

清陂桥记并诗

歙休宁南五岭，浙江、番江往来要道也。岭北十五里曰五城，议为杠梁者几世代矣。去年夏，五城耆儒黄伯固为余言是事，且曰：「吾乡邻程子珍殆成之。」余喜曰：「成之，为文以记之。」今年来则成，凡架板之座几，联四木以为板，比两板为一段者几，工人用力几，合之为费以米计者几，又请于官复其旁几，户任维系架撤之事，且求田收岁入，以俟修葺焉。其用心之善，而为谋之永如此。既亟酬其记，且益之以诗。诗曰：

浙水入海，番为南江。两地相达，逾峤乃通。歙绕休婺，分流之所。通道攸经，为岭者五。溪涨为患，欲涉无涯。五岭之险，莫如清陂。岂无小舟？夙夜谁檥。莫往莫来，有如千里。岂无实路？凿石岩山。行旅求捷，乡闾往还。维兹新桥，厥功莫比。近济一方，远通万里。木座立鳌，板道横虹。靡晨靡夜，以西以东。昔人有心，迄今乃作。猗欤程君，出其私橐。程君从戎，以捍里居。一桥是力，可觇其馀。五城名乡，世多君子。德教涵濡，用能取此。事不在大，力不在多。孰有善心，我为作歌。

说

梅桃程氏三叟九子十一孙字说

余年二十时，始游邑之南乡，即与梅桃三叟游。三叟亲兄弟也，而各三子。伯叟之长子长余四岁，季子与仲叟之季子，少余十有七岁、十有九岁。时伯叟持家政，待宾客甚有礼，余往来必过焉。三叟与其九子者，无老稚，视余如一家人也。既而二季子读书余石门山中，三叟请为九子定其字，既述其说以诒之矣。今年秋，伯叟语余：「九子者既各有子，不早表以字，虑其名无以别于人人也。」乃与其塾师古林先生黄君启商而字之[十二]，而述其说曰：

伯叟三子：景颜之子祐。祐之文原于右。右，助也。手之用，左拙而右捷，故助之意义取于右。友，亦助也。从两，又为近古。右宜字子友，景卓之子承。承与奉同义，承，两手拱节，会意。奉以两手，丰声。字体不类，义无异也。承宜字子奉。景虞之子安。圣贤所谓静而后能安，非存之不可。《易》曰：「成性存存，道义之门。」安宜字子存。

仲叟三子：时飨之子佛。西竺浮屠之称，写其声而已，初无意义，释者谓华言觉，非也。诗：「佛时仔肩」，音符勿反，《学记》其求之也，佛之类意同于拂耳。佛宜字子顺。时用之子肇、寅。《尔雅·释诂》：「肇，始也」，《释言》：「肇，敏也。」先儒《酒诰》本《释言》。肇宜字子敏，寅生于庚寅岁，当读如夷，今世俗读寅皆为夷真反，则其训敬也。寅宜字子敬。时行之子观。《书》：「观，逸游田」，分言之，则观非游也。然古人则浑言之，如宋秦观字少游，(陆游)字务观，尚矣。景行先哲，盖字子游。

季叟三子：明善之子葆。葆，所以荫覆者也。盖字子荫。明达之子辐。辐，方乎轮毂之间。《考工记》「贵固且强」是也。当字子强。明复之子尚、濩。尚，上也，加也。濩，汤药名，义取诸布濩，以濩民也。尚字子加，濩字子和，可也。

噫！余自幼游，至今三十有三年，不鉴诸水镜，不观吾须眉，与三叟九子十一孙者浮沉逍遥，唯见其干而枝，枝而复枝，竹苞兰茁，造化发育，荡然一生气而已。数十年如度数日，乌知行年五十有二哉？仲叟夙信星命，十数年前自推其六十岁前有厄，又苦未有孙也。今逾七秩，且二、三载已四、五其孙，方来未已。其兄年近八十，酬接不怠，如少壮日。其弟年六十有二，方飘然往来江湖间，为陶朱公事。阶庭长茂，日新月盛，夫何以致是？得不以其平心率物，汲汲于救人疾苦，生意蔼然，心胸间然耶？九子之子方见十一人，庆源滚滚，孰为限量。余渐入耆艾，笔力或以退，恐不堪频烦，为作字说也。虽然，古礼命子之字，必请于乡先生以币，余又抚箧振橐，语家人而为之喜矣。至正十年庚寅岁（按：一三五〇）十月一日朱升书。

程伯顺字说〔一三〕

休宁南传营程君存字伯顺，或问其说于余。余曰：「顺天者存，孟氏言也。人之为人役，久矣。天下有道，视贤德；否，则视势力。处有道之世，固当择贤德而仰之。不幸而居势力之世，亦顾吾小弱而安之，所谓顺天而能存者也。」

或者请益。余曰：「有道之世，理恒胜；无道之世，势恒胜。理胜者常，势胜者非常。君子处乎非常，当无失乎其常。」

或者又请益。余曰：「处非常而顺之易，反非常而正之难。无道之世，人不知德。我以吾仁，彼以其富；我以吾义，彼以其爵。虽欲弗顺，恶得而弗顺。至于拨乱世，反之正，则不徒顺焉。夫子之力不加于世卿，而请付陈恒；孟子之位不贵于国君，第而不答滕吏。伯夷，圣也。居下位，不以贤事不肖子，思贤也。曰以德，则子事我。惟君子为能顺天，惟圣贤为能回天。顺天者，所以存其身；回天者，所以存斯道。非吾言也，孟氏言也。」

伯顺学圣贤者也，庶几由君子而进诸或者称善，请笔是说，从伯顺质之。岁癸亥（按：至治三年，一三二三）友生朱升拜书。

校注

〔一〕原本作「有左氏公唐谷陆淳」，「唐谷」二字系颠置，应为「谷唐」（「唐」指陆淳生活朝代）。

〔二〕、〔三〕「籍」原作「藉」，误。

〔四〕「正」字疑衍。

〔五〕「曾」，原作「会」，误。此指曾子。

〔六〕程静翁谓程仁。仁字国英，休宁率东人，少慕学，尝游滕、薛之任某，后归里佐休尹唐子华。与郑玉、朱升、赵汸友善。传见《（弘治）徽州府志》卷九《人物·隐逸》。

〔七〕「先师陈先生」谓陈栎，见卷四《送程仲本之龙川侍亲序》注。

〔八〕「鍪」，原作「槃」。陈鍪，见卷五《送陈自新上永新诗》注。按，《（弘治）徽州府志》卷九《人物·隐逸》及《（康熙）休宁县志》卷六《人物·隐逸》，均作「陈盘」。《朱集》卷八《程国英墓表》及《新安文献志·先贤事略》，均作「陈鍪」。唯此篇作「陈槃」，当以「陈鍪」为是。

〔九〕永思亭在休宁县南陪郭，程岘建，为墓祀合族之所，见《（弘治）徽州府志》卷十《宫室》。

〔一〇〕程和卿谓程岘。岘字和卿，休宁陪郭人，所居楼曰见山，因号见山居士，尝作《程氏世谱》二十卷。传见《（弘治）徽州府志》卷八《人物·宦业》程隆附传；程贵老谓程文贵。文贵字贵老，至顺末以材荐为饶州路德兴县铜冶场提领，以廉干闻。传见《（弘治）徽州府志》卷六《选举·荐辟》。

〔一一〕《新安文献志》卷十六作「乡贡进士邑人朱升记」。

〔一二〕黄君启，见卷五《四月一日同黄君启饮高堰徐氏偶题》注。

〔一三〕程伯顺，见卷五《题林泉风月亭并序》注。

朱枫林集卷七

颂

行枢密院判官邓公勋德颂并序

岁辛卯（按：至正十一年，一三五一）淮西兵起。明年自蕲渡江者，蹂饶陷徽，江东大扰。至于丁酉（按：至正十七年，一三五七）六月之间，胜负相寻，徽民受兵者凡十有二矣，而犹不知所终也。

于是泗水邓公奉江南行省平章朱公命，由宣取徽，先声所至，不戮一人，郡邑以定。公淑德夙成，威信昭著，始至，即立城堡，作庐舍，旬日竣事，而民不知有役；纳降附，下条教，村疃帖服，而民不知有军。分兵戍诸县，抡才以官治之，军民有职，上下相维，遗黎乃知免矣。将官张思总戍休宁县，能宣布公之德美，以福其民庶，又请邑士朱升作颂以传之，颂曰：

徽之为郡，介乎万山。昔有革代，招附以安。曩岁淮兵，渡江窥浙，直捣于徽，肆其燔劫，突来荐至，奔北相仍，六胜六负，哀哉民生！猗欤辨章，秣陵开省。勋业崇崇，纪纲井井。既克宛陵，南复楚疆。有献于公，请事徽方。

公曰噫嘻，无穷于远。蕞尔山城，其边三面。策者曰否，彼邻杭封。全有三关，浙右囊中。

公曰噫嘻，兹为重役。总率招徕，必资淑德。曰邓友德，兰茁其芽〔一〕。汝父汝兄，致命邦家。宣众未降，长枪馀党。既屯于徽，惧残彼壤。事有机速，为我南行。汝亲吾养，汝家吾承。邓公曰唯，惟辨章令。

辨章之心，徽人之命。爰敕渠帅，即日启行。衔兵之胡，新附之汤，江淮之雄，苗僮之锐，列骑联旗，两州相缀。惟徽厌乱，城廓久空，诸军毕入，诛其莱蓬。既栅既城，以营以室。将士分功，成之旬日。乃纳降附，浆酒温存。受其鸡豚，为之饔餐。使观其军，使行其垒。意气包涵，家人笑语。民曰此军，与吾为侪。曩者铄我，今吾服怀〔二〕。士曰此军，非曩之匹。阃幕衣冠，中原典则。曩之来者，驱民为兵，何为强弱，徒歼厥生。曩之来者，每事报复，指摘吹求，炽然荼毒。今兹下令，军民判然，不教之众，奔北之先。今兹下令，新自今日，无长浇风〔三〕，酷为指摘。流离还定，渐复其初。里有耕桑，家有诗书。凡此之功，在于镇静，万喙同声，归功于邓。镇静之道，制胜之规，谢公指顾，秦败淮淝。镇静之道，致治之式，曹师盖公，民以宁一。

繄公懿质，辨章登之，进之于学，玉而成之。云台元功，少年杖策，人谓我公，今之高密。以究劳绩，以开隆平，秉心勿替，引我民生。徽民愿公，祝公眉寿。仰彼昊苍，夕昕稽首，成将承德，请作诗章。刻之县斋，以传无疆。

清苦先生颂

厥初生人，降衷维均。好是懿德，克全其真。及身而诚，乃安所遇。不知不愠，日素其位。源泉镜止，湛然在躬。一疵不存，伯夷之风。令德之修，将无与同。猗欤其清，廓宇寥空。惟柏惟叶，匪利诸只。箪瓢不堪，颜子之守。令德之修，庶乎尚友。孰云其苦，大羡玄酒。洒然一室，凝然四德。有美斯人，于焉栖息。月白风微，泓澄几席。揭兹颂言，聿昭令德。

赞

宅心堂赞

孙君之堂，君宅之心。君堂之名，欲宅其心。君宅尔宅，宅宅之心。东馆西序，门塾奥。宾亲臣妾，藏修寝处。扫除启闭，官司执守。主人中处，谁紊而伦。身如大宅，心其主人。心或不存，则身无主。东重西轻，前离后陷。目视非视，耳听非听。气徒无帅，体无禀令。人欲横肆，天理湮沉。是以圣神，于此勤勤。爰恭爰慎，爰敬爰钦。是以圣贤，于此谆谆。曰操则存，曰求其放。见宾承祭，履薄临深。其渺方寸，有幽其所；其尊天君，有恭其临。宅宅之心，在君之身；宅身之心，在君之心。以心宅心，心有所主。正伦笃恩，务本节用。德润其身，富润其屋。以光先祖，以开来今。我作斯赞，揭于宅心。辅君宅心，亦以自箴。

岁已丑（按：至正一年，一三三九）朱升为孙仁远撰并书。

画眉禽图赞

京兆眉妩，画之以人。此禽之眉，画乎天真。呜呼！汝眉画乎天，孰知夫身画于人猗？

扇画毛女傍一鹿青草因题赞之

有女娟娟，有鹿狉狉，此何如时！武陵之桃，商山之芝，同乎委蛇。呜呼，噫嘻！不几乎马于望夷，而从葬于骊。

余有扇偶墨污因画为熊赞之

砚田之濡，扇纨之涴。转而为熊，匪坐匪卧。彼妙乌驳，小人之过。尤而效之，希踪周佐。

铭

善复堂铭并序〔四〕

复，还也，往而返，谓之复。《书》：「巡守卒乃复」，《诗》「复我邦族」是也。失而得，亦谓之复〔五〕。盘庚绍复先王大业，鲁僖复周公之宇是也。不能不往也，而求其返〔六〕；不能不失也，而求其得。复也者，学者之大机欤！

汪君师鲁读书之堂，扁不曰复，而曰善复，何居？复，虚辞也，则有善有不善焉。《易》：震下坤上之卦，其名为复，阳上往而喜其返也。卦六爻辞所谓复，悉主初爻潜阳，为言皆复于善者也。讼九四「复即命」。小畜初九「复自道」。九二「牵复」。睽初九「丧马勿逐自复」。解：「其来复，吉。」皆复于善之论也〔七〕。泰九三之「无往不复」，上六之「城复于隍」，泰极而返，复于不善矣。《春秋》褒贬，尤谨严于一字。一卫侯郑也，前之归书「复归」，后书「归」，不言「复」，何也？诸侯嗣故出而归也。继之则称「复」，绝之则不称「复」，复犹善辞也。卫元咺归也，书「复归」。宋鱼石，晋栾盈人也，书「复入」，非此族也。虽楚比之归书「归」而已矣，何也？大夫不世，故奔而归也。与之则称「归」，绝之则称「复」。复，恶辞也。同是复也，自阴而阳为喜，自泰而否为戒。在诸侯为与，在大夫为讥，此善彼否，天地斯隔不宁。惟是公孙敖如京师不至而复，圣人以其复为邪；公子遂如齐，至黄乃复，圣人以其复为私；鲁昭三如晋，至河乃复，圣人以其复为耻。往也失也，不可以苟非；返也得也，不可以久赞。是以君子不徒于其复，而必欲善其复。善也者，又复之要道欤！

汪氏世业儒，至某尤精笃〔八〕，仅领一荐策名称，实藏书传家，以清为贵。孙师鲁资明识敏，宜能承以发。然自年三十以来，希乎无益于得者，炙相门之热，当宪府之凛，以儒以吏，靡所不迹，前既失而往矣。乃今历世故也久，揽荣愿也饱，于是身复所居之堂，口复所读之书，心复所学之理，返于外而得，故其复也，不谓善复矣乎？身允蹈之，堂徒名诸。汪氏实升母族，且屡登斯堂，而师鲁以作文属甥升也，谨述四十八字以为铭，而序其旨如右，铭曰：

有涵其湾，有嵌其山。公善兹复，昭哉堂颜。新功弗缉，孟母断织；故习弗除，冯妇下车。我铭斯堂，将曷来谂。克己复礼，善复之准。

至治二年（按：一三二二）壬戌朱升书〔九〕。

理斋铭并序

理者，文理之谓也。两间之物象，凡其自然生成者，莫不觉有文理存焉。交互者，谓之文；条达者，谓之理。理之致者莫如玉，故理之为字，从玉而里声。《易》曰：「仰以观于天文，俯以察于地理」，星之经纬，日月道之出入，凡在天者，莫非交互之文。川牝山牡，三条两戒，凡在地者，莫非条达之理。理之致者莫如玉，制字者既从玉，以为理之字矣。玉之外，物理之致者，又莫如木果之栗者。故称玉者曰温润而栗，然《书》言「宽而栗」，《记》曰：「温而理」。宽也，温也，疑若为浑然者，故继之曰栗、曰理，以足其义，知此则知理字之本义矣。然则古先民之谓理皆即物，而指其条达者以示人，如所谓文理密察，足以有别，所谓依乎天理，批大却，导大窾者，非超乎物而言理也。

自吾夫子之赞《易》也，有曰：「穷理尽性，以至于命，」而后之言性理者宗焉。夷考夫子之言而求其旨，盖以为理出于性，性原于命。圣人作《易》，其蓍数卦爻之用，由浑然者而疏通之，则和顺于道德而理于义，由粲然者而本原之，则「穷理尽性，以至于命」。所谓理者，未尝以为在性之前也〔一〇〕。

程子之言性，曰性即理也。朱子以性之仁为爱之理，义为宜之理，礼智为恭别之理。夫爱也、宜也、恭也、别也，四者因用而后见，而其本则出于性。譬诸草木，其枝柯不一也，循而视其理，则皆出于其根。是故善言性者，因其爱、宜、恭、别之用不同，而穷其理之本诸中者，则溯流而源见，其派然而不混也。于是因其用之爱，而穷其理之本乎性者，则谓之仁；因其用之宜，而穷其理之本乎性者，则谓之义。是仁、义、礼、智也者，因爱、宜、恭、别之理而立名者也。以朱子爱、宜、恭、别之理之训，而读程子「性即理也」之言，则庶乎其可通矣。理云理云，浑沦涣漫之云乎哉！

吾宗有仲元者，淮海之英也。名珍而字理〔一一〕，且以理名其斋，是得字义之本，非常情常辞者，谨述字义为之斋铭，以为理也者，不在于字义，亦不在于斋，而在于心也。铭曰：

元化默运，流行不已。物象肖之，浑然之中，有文有理。理者条达，亘乎终始。有疏有密，有曲有直，而无交跞。物理惟玉，其致无比。理之为字，所以从玉，谐声以里。穷理尽性，说卦有旨。以理言性，有条不紊，惟程朱子。万物之理，皆备于己。弥纶参赞，民生日用，咸有统纪。原始要终，明彼晓此。应事接物，行其所知，举而措耳。猗欤吾宗，天资玉美，既珍其名，理以为字，斋颜亦尔。人见吾宗，温然佳士。服其夷旷，挹其和粹，仰其仪轨，未必知其，学优而仕〔一二〕。事至物来，御上御下，条理如是。我作铭诗，其直如矢。稽首扁名〔一三〕，洗心圣言，秋月寒水。

丁未（按：至正二十七年，一三六七）四月甲子，歙宗生升稿呈。

书简

通回岭汪廷玉治中书九月九日辛卯

升维时菊荣九日，霜应上呈，恭维廷玉治中相公尊丈阁下：把玩晚香，夷猷焕处，明示协相尊候，动止多祥，升齐肃奉书，溯风敛衽。升载阅时令之纪，季秋之月，《夏小正》曰荣华而已，《吕览》则菊有黄华。视仲春之桃，季春之桐，第曰始华而已，唯菊曰有，且表其色曰黄华。非以中央寄王之时，黄中通理，其所固有者乎！然自京房、扬子云以来，皆以菊有黄华，为是月第三候，则在寒露十日之后，甫入寄王之日数也。若气朔分齐，则是候也，实在中旬。而重阳之日，菊宜未有华，今兹之重阳，则巧协矣。菊至是日而既华，霜至是日而方降。又古历家说候，雨以甲，雷以乙，露以庚，霜以辛。是日辛卯，则又巧协焉。大人君子以黄华晚节之操，当霜降水涸之秋，气运之芳馨，廉隅之峭厉，所以昭当时而表流俗者，固有非常人所得同也。升是以不敢致乎常辞。

升敬以平阳望汪茫之宗，新安世神明之胄，其丹毂金章，登于台省，固非人所能贵，而其黄发儿齿，表乎州里者，实天之所寿者焉。尊眷长以清邵之才，鸿扆之质，自泮宫之发轫，迄别驾之悬车，其声名职位之隆，政事文章之懿，人得而颂之。升三数年前薄游江上，每以胜日，从大夫士访晋、唐诸贤所游历。耆旧者知升为歙人也，则时时为道池阳府，推昔政之善，媲其高则九华之崭岩，况其量则秋浦之深广，谓明允所被民之不冤。公退之暇，与马守昂夫诸贤登临啸咏，人士瞻对，倚赖慕化趋风，盖此郡法理之宫，二十年来未有能企及之者。猗欤盛哉！渭滨立后载之师，汾阳历中书之考，玉树之庭阶，银床之简笏，天所以瑞斯世者，不在兹乎？升是以闻之，审望之深，又以参觌之疏，向仰之勤，而颂言之，弥有味也。

升生辰弗淑，嗣息实艰，商瞿之年，甫得育子曰同〔一四〕，今十有八年矣。为之谋婚，则有夙所愿者四：曰仕族、曰旧婚、曰其母嫡、曰其生后，而未获也。今年春，眷家见心洪兄为言，令侄子复学士次院爱之年德，欲俾之晋请焉，齐大虢凉，如之何其敢僭逾也。既而他友有谋媾某氏者，神梦之曰：「朱氏之缘契，不在此而在汪某之家。」升闻之，以扣于忠烈行祠，则得百二十签之吉，首以告洪兄，洪兄曰：「可矣。」余所惧者僭逾，彼神实开之矣。升是以因之而屡以请焉。日吉辰良，端拜陈辞于执事，伏惟崇笃夙谊，以肺腑而纳洪兄之请，以道味而不故旧之遗，光贲俞音，宠于冰窒，庶几升得所夙愿也。使是子薰陶乎高门雍睦之美，以克有成，是为天幸，而非所敢望也。敢悉布其衷曲，惟矜体而嘉惠之。

升惟讯眷序之兴居，请委令之条目，竿牍常礼也。升也则额手乎？神仙之聚归心乎？君子之侧，不敢层番缛语，以烦视听，为是至敬无文，等干台照。

答程容父请简

伏以随风生珠玉，屡陪诲语之荣；落纸染云烟，忽拜缄书之宠。丕昭奖与，敢不抠趋！玉海金山，已愧家声之不振；春风和气，愿领谈笑之无边。

答程伯顺简[一五]

蒙示近来为学不计功之意，甚善甚善。朱子尝曰：「此事原无穷尽，但当鞠躬尽力，看到甚地位尔。」一在吾人尤不可不勉，《太极图说》谓周子推明天道，以明人事之语，甚新。余亦有当商量处，俟面请也。陆氏、许氏二图未审，曾见否？漫录内去如有所见，无妨镌喻。三月七日友生朱升拜。

与汉口程仲本简[一六]

开年得子高国宾处音问，知体中清胜，可以到此相聚数时，此大愿也。黄先生虽健[一七]，但年已高，吾侪问学，固当循序，然亦不可缓也。鄙意欲得尊兄来此，整理《春秋》之学，庶得秋间同往彼处，小子与赵兄问《易》〔一八〕，而尊兄出名问《春秋》，诚为便宜，一人而请二经，又犯轻猎之罪故也。不审肯合此意否？馀储面列不具。

问刘商卿先生大业图旨书

升受教大业图，历三时矣。无日不思，而不能得全体之妙，其所窃窥其一二之易见者。天地之位图，乾卦在午；帝出乎震图，乾卦在戌；此大业图，乾卦在寅，与扬子《太玄》之申子辰，邵先生《经世》之寅午戌，三方鼎峙之规模协合，一也。又见其一阳之卦，一阳在初位者，在天根之位；一阳在上位者，在月窟之位，妙不可言。又谦豫控扼东南西北之地，左隔八卦而为师比，右隔八卦而为复剥，分均位置，各有妙理，二也。乾坤二卦，控扼东北西南之地，而文王卦辞，具元亨利贞；七卦皆在东南之方，如星家罗计拦截之状，非无意思者，三也。咸恒既未四卦居内，宛然如医家升降浮沉之理，造化人事，纲格整严，决不可易，四也。中孚小过，在乾坤坎离之间，尤可玩味，五也。自五之外，略不能有见。

今所急欲求而不可得者，六十卦所以罗列环布，挨排次序，寂不可闻，冥不可见，旅畜兑之序联，求之不可得，若不得闻一卦序次之故，则无缘知大业之妙。或者疑其为，因见上下两篇卦序，而捻出此图，在愚虽决不敢谓，然而亦无以破其说也。惟高明不靳，而赐教焉。

贺金宜仲子娶简

伏以主器新婚，名门庆事，辰彼硕女，巧笑[illegible]，来教之诗，「宜其家人」，不负「之子于归」之咏。欢生绮席，瑞蔼华堂。某忝在同亲，深为助[illegible]。不揆寸芹之撷，式偕尺楮之将。会珠履之三千，嘉礼莫陪于花烛；列玉京之十二，仙风遥想于兰[illegible]。颂咏之私，敷宣罔既。

贺黄张甫子娶简

伏以喜钟长嗣，礼毕大婚。会神仙于五城，山谷气同于云谷；对嘉平之八日，烛花光映于椒花。瑞集庭闱，欢洋闾里。某托婚匪薄，往贺为宜。不惭蘋藻之[illegible]，少寓兰房之庆。赋婚姻及时之诗，行看灼灼之花；符子孙宜尔之祥，凿颂振振之羽。无穷赞[illegible]，曷既编摩。

代程子宜答贺子婚简

伏以桃夭梅实，方谐长稚之新婚；叶缅花骈，忽畀外孙之好[illegible]。不昭眷谊，复贶嘉仪。维其旨，维其嘉，足见垂情之笃；不我过，不我与，抑何见外之深？拜登嘉，铭心感德。颂玉京之十二，气象曷比于珰溪，无珠履之三升，先贲尚靳于友士。

讲义

东倚平义塾讲书

子曰：「知者乐水」一章。此章吾夫子[illegible]至道之君子，与天地同其体用，而其性情功效，分而言之，则有此二歧，其实则全于一[illegible]之，非一偏而有彼无此之谓也。仁、义、礼、知，均为性之四德，然而义理以事理言，仁与知则在人之心德，是以圣贤之言，有称仁者、知者，而无曰义者、礼者。夫子此章所谓仁者、知者，又与他章不同。如「仁者见之谓之仁，知者见之谓之知」，是以人之资禀言。谓资之偏而不能见道之全也。如「仁者安仁，知者利仁」，则主于仁言之，谓仁者安仁，与仁一，而知者则但利之，与仁犹二。故安仁者，直可谓之仁，而利仁者，则但可谓之知也。

又孟子言，惟仁者为能「以大事小」，惟知者为能「以小事大」，得之于心者有浅深，故其交于人者有广狭，其气象规模之异，而感应功效随之。盖以仁者为优，而以知者为劣矣。若此之类，皆随言答问之异旨而已。唯此章则其象似理，脉若判为二，而其实则合于一也。以其判者言之，则知者达于事理，而周流无滞，有似于水，故乐水；仁者安于义理，而重厚不迁，有似于山，故乐山。知者乐水动而不括，夫是以乐；仁者乐山静而有常，夫是以寿。此其性情功效，其象似理，脉固不可得而同也。然而天地之理则一而已，乌有离而不合者哉？其天高地下，万物散殊，尊卑位列，一定而不可易者，则其定体之秩然也。流而不息，合同而化，动荡和煦，混然而无间者，则又功用之自然也。是故事得其序之谓礼，物得其和之谓乐，其定体妙用原不相离。观其定体，则高下散殊者，礼制之等威，万古一日，仁者乐山静而寿者也。观其妙用则流通无间者，乐气之畅达，万物一体，知者乐水动而乐者也。由是观之，则曰仁、曰知，可求诸二人之身乎哉？

愚尝谓先王四术：《诗》、《书》、《礼》、《乐》，其大端则礼乐而已。《诗》者，乐之始者也；《书》者，礼之大者也。是故先天八卦之图，阳画上而阴画下，天地位而礼定；后天八卦之图，阳画下而阴画上，上下交而乐行。人之为道也，君父尊于上，臣子卑于下，礼也，山之不迁者也。君以礼下其臣，臣以忠达乎君；父以慈亲其子，子以孝达乎父。乐也，水之无滞者也。《易》道尚矣至哉！文王之作《易》也，其得天地之用乎？故乾坤交而为泰，不交则为否矣；坎离交而为既济，不交则为未济矣。是故礼法之定者犹未见，而乐情之妙者尤难知。泰山之大，丘垤之小，有目者可得而察；而水流不息，阴坠阳浮，氤氲乎两间，所谓天降时雨，而山川出云者，相为终始，无有休息，非察之精而体之至者，有未易知也。此其周流不滞，动而不括之，实人之所以为人，万物皆具于我，生意流通，无有间隔，以通乎造化之位有育者也。然则仁者、知者，果求诸二人之身乎哉？

愚故于义塾之初开，为学者讲此，以推圣神之教之本，以发圣贤之言之意，学者知此而潜心焉，则荜门圭窦，蓬户瓮牖之基始于此，而要诸远大，固能久而安之。屋上青山，屋下流水，亦不专以常情之所乐者为乐矣。

校注

〔一〕《新安文献志》卷四十七、《皇明文衡》卷十九「兰茁其芽」均作「茁其兰芽」。《明诗纪事》卷三与此本同，作「兰茁其芽」。

〔二〕《皇明文衡》卷十九「今吾服怀」作「吾宁怀服」。

〔三〕《明诗纪事》卷三「浇风」作「浇风」。

〔四〕《新安文献志》卷四十七题作《汪山长师鲁善复堂铭》。

〔五〕《新安文献志》卷四十七无「亦」字。

〔六〕《新安文献志》卷四十七「求」作「思」。

〔七〕《新安文献志》卷四十七，缺「讼九四『复即命』」至「皆复于善之论也」三十八字。

〔八〕「某」原为墨钉，此据《新安文献志》卷四十七。据上下文意，「某」字当为「实」字。汪实字叔容，休宁西门人。传见《(康熙)休宁县志》卷之六《人物·笃行》。

〔九〕《新安文献志》卷四十七，缺「至治二年壬戌朱升书」九字。

〔一〇〕《皇明文衡》卷十八作「在性之者也」。

〔一一〕朱珍，见卷四《钱参府端公行卷序》注。

〔一二〕《皇明文衡》卷十八，作「优其仕」。

〔一三〕《皇明文衡》卷十八，「扁」作「斋」。

〔一四〕朱同，见卷三《论语孟子旁注序》注。

〔一五〕程伯顺，见卷四《题林泉风月亭》注。

〔一六〕程仲本，见卷四《送程仲本之龙川侍亲序》注。

〔一七〕黄先生谓黄泽（字楚望），见卷三《集赵东山文稿序》注。

〔一八〕赵兄谓赵汸，见卷三《集赵东山文稿序》注。

朱枫林集卷八

墓铭

程国英墓表〔一〕

士之立于世也，莫大于报本。善其亲以及其族里，达则施于一世，斯可谓报本已。夫天地生我者也，秀气毓于山川，庆源衍于宗祏，而托体于父母，斯四者有身之本也。父母劬劳，不待言已〔二〕。我之生而立也，族之人，里之人〔三〕，由亲而疏，迩而远，其惬我谓何？妣祖之愿于我者，犹我之愿于孙曾也。存恤所以为不忘也，显扬所以为不辱也。曾是弗顾念，虽爵位压朝，著勋名满天下，可以不覥于族里，见翁媪于地下哉？果无愧于天地生我哉？吾是以于里人程国英而可感焉〔四〕！

国英幼不好弄，长而知向学，既冠，慕古人为壮游，游商迤至滕、薛〔五〕。薛城有任仲丞某者，致政里居，国英事之数年，道德之懿，文章之粹〔六〕，日有所得。至正四年（按：一三四四），年逾三十，南归，往役于县。县宰唐子华，名士也；苦县事烦弊不理，叹曰：「安得一明快吏，集吾事乎？」一日觇国英于庭，异之〔七〕，与之语，有契，执其手以上，曰：「吾事济矣！」且使佐治诘捕事。国英感激，道不隐贤〔八〕，凡其学之所及而力可为者勉勉焉！官若民咸赖之，无胥吏恒态，为官民所病者〔九〕，人不得以几微疵议之也。十二年（按：一三五二），蕲黄兵蹂郡邑。自是四五年间，胜复者六七，杀伤炳烬，东奔西避，所谓出百死一生者〔一〇〕，而能间关委曲于胜负之间，家之人无失所者，里之人卒以保完无罹横祸者。风波既定，县之境内视平时不耗斁，如此乡里者百不一二焉〔一一〕。

故宅临驿道既燬矣，乃作新居于水东，重屋面山，方正如屏树〔一二〕，名之曰方山楼。其右有圃，中有亭曰时止〔一三〕。日灌蔬种竹所憩也〔一四〕。乱后有此，可谓乐矣。弟祐早亡，孤遗三人，长者不满十岁〔一五〕，既成立之，皆有家矣。兵乱之时，县之官有身罹祸，而孤遗无依者二人〔一六〕，亦既成立之矣。新居且完，祀有祠堂，客有馆矣。里人之相处有礼，俗供公上者有程。下至为舟以济涉，皆有常惠矣。于是郡邑举之贤良，以病不能行，数月，竟得终于牖下。明年，其子宗奉治命以葬，以客陈鎜状请序〔一七〕，以表其墓焉。

序曰：徽之休宁县黎阳乡怀仁里，国英所居也。仁其名，静翁其号也。东晋新安太守元谭公、陈开府仪同三司忠壮公灵洗，其上世也。号南溪翁者，其曾祖也。考讳端而妣之氏沈也。寿童者，子宗之子也。和、嘉、善者，弟祐之子也。张悦、吴宁者，女子之夫也〔一八〕。赵庶者，孙女之夫也。延祐甲寅（按：一三一四）九月二日，其生之时。吴元年（按：至正二十七年，一三六七）六月一日，殁之时也。其配徐氏先七年卒〔一九〕，葬于时止亭右侧，国英所自茔，而今合葬者也。

鸣乎！国英有田一顷〔二〇〕，家馀资不一金，仅效小用于邑之事，而能知以报本为大，而力行之，立其身，善其亲及其族里，所就如此；使其稍进，于是效一官以展其才，用得田禄以周不足，必大有可观者，而止于是，常情歉之矣。昔乡先生鄂守罗公作忠壮公庙记〔二一〕，首序夫功名之士不可以归见乡党，家人读之感泣羞愧者十人而七八。鸣呼！吾国英持其所就，可以见忠壮公于庙庭矣，而又何歉焉？故乐为序之，而复颂之以铭诗，铭曰：

若稽田，是穮蓘。贵者身，身有本。身之本，道之存。葛与藟，芘其根〔二二〕。程君无官寡资力，乡闾丧之逾亲戚。江上新坟碣数尺〔二三〕，泊舟观者劝尔德。

孙宏父墓铭附白云楼诗并端木学士跋

不有世德，其墓不积；不有家政，其名不令。非天之祐，孰娱而寿？非世之平，孰尊而荣？猗欤孙公，五福之臻。终始圣明，全天所复。白云之墩，以戚以华；德泽之长，占于而家。

白云楼诗并序

白云楼，孙宏父茔域楼名也。昔华封人祝尧使寿，其言曰：「圣人鹑居而彀食，鸟行而无彰。天下有道，与物皆昌；天下无道，修德就闲。厌世去而上仙，乘彼白云，至于帝乡。三患莫至，身常无殃。」所谓乘白云而至帝乡者，其诸魂气之无所不之者耶？孙父寿逾七秩，预自茔而楼其旁，以白云名之，固达生之士也，而其意亦深远矣。陟升皇之赫戏，忽临睨夫旧乡，下视宫室之美，殆所谓陟降庭止者耶？其嗣安卿索诗于予，亦以求致其思亲之道耶？是不可以无作也，诗曰：

英英白云，浮游于天。形满其寿，其神超然。孰曳其衣，孰擘其绵。媚兹晴昊，云何娟娟。
白云在天，载浮载游。形满其寿，其神弗留。丰隆先驱，应龙翼辀，一息万里，飞阴九州。
云散于天，零露泥泥。魂兮归来，视其家第。安我室家，宜我兄弟。心与亲俱，陟降庭止。
茔域之侧，重屋渠渠。有户斯洞，有窗斯虚。高出寥廓，惟云之居，荫尔子孙，无忘其初。

翰林院学士端木孝思跋：

昔孔子年六十八岁，乃始删《诗》，定《书》，系《周易》，作《春秋》，只数年间，却了一生著述。盖是时，学问成，涉世深矣，故其述作始可为万世法。古者著作多在晚年，先师学士朱公，秉生知之资，气塞宇宙，识穷天渊，以圣贤之心为心，以仁义之学为学，尝曰：「字为之注，句为之释，我不如先儒；拓开千古之心胸，提省一时之俊杰，先儒不如我。及今几二百馀年矣，安得徽国文公高风绝识而与之共论哉？」所著六经之旁注至晚年方成，惟其学成而道益高，年老而志益广。今观为休阳孙氏所撰《白云楼诗序》，蔼然君子之言，浩乎其沛然矣！经曰：「有德者必有言。」信夫！

祭文

祭先师江敏求先生文〔二四〕

维至元后六年（按：一三四八），岁在庚辰六月癸未朔，越十有四日丙申，孝子江观改葬其考君敏求先生于故窆。先生得年四十九，至是殁九年矣。门人朱升、黄启、姚光、戴所、吴新、戴礼、程信、程艮、戴剡、程初、黄枢、程𥘵、程朗谨私谥曰明安先生，而以清酌庶馐之奠，百拜昭告于其圹。

呜呼！先生科第禄仕之家也，而以清苦终其身，于书无不读，于理无不究，于事无不知，周于人无不曲成。折挫豪强，摧枯拉朽，而不见其刚；扶植孤茕，支倾补缺，而不知其劳。日以急贤渴义为心，服膺德言，诱掖后学。学者之于先生，其知者如槁苗之于时雨，不知者如品汇之于化工也。以是承其宗世，开其后人，以惠于吾党，兹不谓明且安矣乎！宜达而不达，宜寿而不寿，使福善之天有司之者，则不忘其寿，子孙之庆，将不在彼而在此也。

山川环列，绋引云从，先生有知，尚其来飨。

祭先师金斋谕先生文

民生于三事之如一，自世道不古，民无常心，而事师之道，视于二者为尤薄，可叹也已。

不肖生十有二年，而从先生游。越二年而先生安于高居，不肖遂不克就学。又三年，乃走而依仁里，以从于东皋先生馆。高门提振之德，先生扶导之恩，皆所不敢忘。自去年春以来，私家疾难相仍，旦夕奔救，情怀踪迹，非复旧日比，故于师门乃至绝足。谓故疏阔，升则非人，先生知之，将哀矜之矣。去年冬先生仙去，不肖迄不获知，开年十日始及知，五日谨谒素帷，适丁公家庆育，入宫不敢哭，不肖之罪实多，而非其心也。

春雨新晴，节维寒食，世俗展墓之时也。敢述衷素，将以微礼以拜于尊茔，尚飨。

祭友赵东山文〔二五〕

维洪武二年（按：一三六九）十一月己酉，朱升哭于子常学士之柩，薄奠而昭告之曰，呜呼！子常而止斯耶？以造诣之学，而不见是于人；以设施之才，而不克用于世，壮岁以病为常，奄忽出于意外。此老友之来哭，而以为憾者也。学力不虚其聪明，著述不虚其学力，其道可以继先传后，其业可以见古人于地下，在吾子常亦何憾焉！独念夫招提之别，期于会聚，暮年曲尽情谊，倾写疑难，使彼此生平道业之相与者，冰泮春融，无复遗憾；而不得遂，则命也已！寓哀一奠，尚鉴其诚。呜呼痛哉！伏惟尚飨。

祭友张伯英文

昔人有言：万物有影，唯心则无。心影何观？观其后嗣，或哲或愚。我仪图之，积善有庆，惟君先大夫。恂恂德人，挺生令子，如汗血驹。公自弱冠，声闻四驰，辉赫里闾。我忝同邑，每接情好，在戚匪疏。公年六十，我出三载，边意宦途，方期越月，解组来归，执手欢虞。胡为江浒，丹旐翩翩，驾此灵车。追思谐笑，如在于前，其梦也欤？嗟我私谋，实资彊近，永托葭莩。天乎不仁，遽夺其依，毒甚于荼。幸公有子，瑶、环、瑜、珥，克世厥家。更吊画宫，归柩载临，哭泣携扶。高秋泬寥，山哀浦思，行道嗟吁。生死契阔，谁能无悲？况其在余！载蔌于盘，盛酒于尊，公其有知乎，其无知乎？呜呼哀哉！伏惟尚飨。

祭友吕庆文文

人之所欲：家富、寿绵；凡此二者，宰之在天。子自歙来，始受一廛；家道日昌，谁不谓贤！比年以来，求以自全；杜门养痾，而不享年。一得一否，胡为其然？我之与子，如臂如肩。我昔有子，奉承周旋；或异或同，我不疑嫌。相期终老，中道弃捐。生居我后，死居我先。我而不怨，谁为子怜？子捐馆舍，我在异地；抚棺后时，不能待吏。及居浅土，我縻郡城；莫获执绋，抱恨填膺，奠以只鸡，又阻斋素；矢心蓄辞，奚以斯故。古人有言，庶几不忘，知生而吊，知死者伤。呜呼！生犹可勉，死不可作；子虽不言，尝受子托。秋序既徂，朔风其凉；念子如在，敢荐一觞。尚飨。

哀辞

袁氏吕夫人哀辞

秣陵吕君景文通判徽州，未获迎母就养也，其弟景武往来贸易以为养。升常从君兄弟游，未尝见其开眉也。每引领东北望，曰：「安得吾母子一堂乎？」既而景武殁于徽，君幽忧于官，母成疾于家，山水隔越，梦魂凄断，无有生人之乐已。无何，得请于上，迎母就养，居岁馀，弟丧既除，母疾良已。

风波稍定，而君犹是有隐疾者焉。问之，则曰：「吾有妻子之私戚，前是未敢言于人也。吾妻袁氏有三子，吾初戍姑孰，挈家以居焉。城陷，吾归侍亲，妻子不知也。风波方汹，或劫吾妻，曰：『从，兼全汝子；否，则俱毙吾手矣！』对以不可，情理俱畅，幸而免。居一月，又有反侧危疑之事，千百辈骈首就地。或又有胁之，不可，被杀，二长子赴水死，婢抱幼子与众歼焉。乱定后，亲党中幸而有生者，道其事，莫不为之痛惋也。呜呼！吾遭世变，不能保妻子，使屈而死，其贞烈之义，无负于我。幸赐一辞，使死而不朽乎！」升为之辞哀之，曰：

繄斯人之不幸，而遭遇乎乱离；生不得以相保，死不得以相知。断梗逐波于壑泽，飞英随风于涂泥；嗟离合之倏忽，异禽兽者几希。或有脱一生于万死，钗擘而镜圆者，其暖汤剪纸相聚君！杯觞灯烛之下，其于离合之间，话叙委悉，宁不有嗫嚅而忸怩者乎？君家之事则不然。君臣之义，母子之情，在妻不学而喻；一与之齐，有死无二，在夫不言，而信于人，道其庶几矣。吾闻哀夫人既死之五日，一夕再梦。吕君而自计曰：「我无分于人间世矣。」得非贞烈之气，贯死生而相通，越山水而相依者乎？则夫四十年之春秋，十九年之夫妇，在人世则有限，而伦序之天，节义之地，与乾坤无穷矣。与其偷生而身复合，孰若隔死而心相知；问吕家之情义，听吾人之哀辞。

汪师善哀辞

至元后戊寅（按：四年，一三三八）五月辛亥，汪君师善卒，六月庚午，里友人朱升与程可大、詹伯璋行憩于临溪里汪王行祠之门。伯璋言君故，升始闻殒绝，以礼哭于祠之庭，闻见者问故，咸惊嗟不能已。哭虽尽而哀未既也，则为之辞曰，

君英伟天得，于书史无不读，率得大意，义折节谦恭，习成若性，语默启处，动合度宜，讲说古今治体，圣贤学术，不研不究，不肯中止，知行并进，庶几吾道之学者也。君世家富贵，周窭赈艰，固无庸论，至若是心汲汲，惟恐不及，日惟仁惠之为务，则所性也。叔景周公刚毅英明，君事之尽道，直若孟氏谓得而顺之者。宗党远近，凡有人心者，罔不推服称颂。极言孔老同异。升曰：「圣人不先置心于静，不自处身于安。有心也，故意虑周；无心也，故其施平。」君

曰：「不然，我心静可以驭彼之动，我身安可以拯彼之危，圣人不绝物，亦不循物也。是故有不为无不成，孔老之道其用则异，其趣则同，」君之学术如是。是故有而不居，退以为进，充其志行，则隐者也。

呜呼！世道之降，人心之沦，久矣。众傲肆而君能学，众刻狠而君能贤，众趋兢而君能隐。保其家世，矜式后进，而年不永，仅三十而卒。将吉善者恒不膺其报乎？抑吾党无禄而失所宗乎？将天命不可虞，而寿夭不系于善恶乎？抑定命悬于初生，有不可斡者乎？呜乎哀哉，呜呼哀哉！升闻昔贤有天定之说，君虽不寿，而有嗣子二，有叔父主家政，天其寿君之叔父，以树二子，吾固有望于将定之天，使善者有所劝也。

呜乎哀哉！升与君交十年矣，好古右学，惟君我同，促膝之聚，午夜之言，所不忍念也。升之所存，君之所悉。君所望于升者，虽相忘于无言，升固知之也。君赍以没之志，升固能体之也。有感通之道，无死生之隔，故愿屐布焉。而非所敢必也，非所忍言也，哭君之后四日，拜君几筵于堂而读此辞。

补遗

雪斋记

东坡居士在黄冈作堂，而雪中成，四壁绘雪，因以名之。仆生大德己亥（按：三年，一二九九），今年六十有七矣。春雪大作，补在腊之缺，未有如此时者。行春遇之，清快殊甚，息迹于子初氏。其书斋初成，涂塈皆垩，轩窗虚映，冰玉一天。请举以东坡故事，直以雪名斯斋。

古人以色配方，《周礼》以降，至于扬子《太玄》一说也，邵氏《闻见后录》又一说也，皆以黑配水居北方。惟纬书《太乙》、《九宫》则三自皆在北，水未尝黑，浑则黄，深澄则绿，而白其本色也。三绿以为木，七赤以为金，与夫九紫之为火，水之为白，土之为黄，未始戾于五材之色也，乃为之说曰：泉出于山，雨降于天，不见其为白，霰绽而为雪，流激而为浪，而后白之色始彰，可以观化物矣！不绽不激，本色不见，可以喻进修复初之功矣！子初氏子孙读书于是斋者，尚信之哉，谨笔之以为斋记。

校注

〔一〕《新安文献志》卷八十九署题为《程国英墓志》。程国英谓程仁，仁字国英，号静翁，休宁率东人。尝从学于薛之任棊。后归里，佐休尹唐子华。仁与郑玉、朱升、赵汸友善。传见《（弘治）徽州府志》卷九《人物·隐逸》。

〔二〕《新安文献志》卷八十九「待」作「忍」。

〔三〕《新安文献志》卷八十九无「里之人」三字。

〔四〕《新安文献志》卷八十九「焉」作「也」。

〔五〕《新安文献志》卷八十九脱「薛」字。

〔六〕《新安文献志》卷八十九「章」作「献」。

〔七〕《新安文献志》卷八十九作「一日睹国英于庭而异之」。

〔八〕原本「道」作「进」，此据《新安文献志》卷八十九改。

〔九〕《新安文献志》卷八十九「无」作「凡」。

〔一〇〕《新安文献志》卷八十九作「所谓出百死得一生者」。

〔一一〕《新安文献志》卷八十九脱「里」字。

〔一二〕《新安文献志》卷八十九脱「方」字。

〔一三〕《新安文献志》卷八十九作「居之右圃，中有亭」。

〔一四〕《新安文献志》卷八十九作「日灌蔬种花竹」。

〔一五〕《新安文献志》卷八十九作「长者亦不满十岁」。

〔一六〕《新安文献志》卷八十九无「孤」字。

〔一七〕《新安文献志》卷八十九「豎」作「竖」。

〔一八〕《新安文献志》卷八十九衍「子」字。

〔一九〕《新安文献志》卷八十九作「先年七十卒」。

〔二〇〕《新安文献志》卷八十九作「有田劣一顷」。

〔二一〕原本「乡」作「邹」，此据《新安文献志》卷八十九改。「鄂守罗公」谓南宋罗愿。愿字端良，号存斋，歙县人，官至鄂州守。传见《(弘治)徽州府志》卷七《人物·文苑》。

〔二二〕《新安文献志》卷八十九作「芘与根」。

〔二三〕《新安文献志》卷八十九「江上」作「江滨」。

〔二四〕江敏求，休宁汊川人，力学明经，朱升尝受业其门下，传见《(弘治)徽州府志》卷九《人物·隐逸》。

〔二五〕赵东山，见卷三《集赵东山文稿序》篇注。

朱枫林集卷九

学士朱升传（载徽郡志）〔一〕

朱升字允升，休宁人，后徙居歙。幼师乡贡进士陈栎〔二〕，剖击问难，多所发明，栎深器之。至正癸未（按：三年，一三四三），闻资中黄楚望讲道湓浦〔三〕，偕赵汸往从游焉〔四〕。明年春归，讲学郡城紫阳祠，始作《书旁注》。是年秋，登乡贡进士第二名，丁内艰。后四年戊子（按：至正八年，一三四八），省授池州路儒学正。庚寅（按：至正十年，一三五〇）始之官。学之田，岁入富于他学，而官吏蠹食之，弟子员日仅一饭，教养无方，师生解体。升始至，则举吴文正公澄鼠牛之喻〔五〕，会出入，整斋厨，去宿弊，晨兴讲授，以身示法，江南北学者云集。明年淮甸兵起。又明年壬辰（按：至正十二年，一三五二），秩满南归，而蕲黄之兵至徽矣。自是连岁胜负相寻，而所居僻在穷山，虽避兵夰窜，往往闭户著述不辍〔六〕。

越五年丁酉（按：至正十七年，一三五七），天兵下徽。上素闻升名，潜就访之。升因进三策，曰：「高筑墙，广积粮，缓称王。」上大悦，命预帷幄密议。所居梅花初月楼，上亲洒宸翰赐焉。冬，辞归。嗣后连岁被征，即就道不辞。比至，见上密有访问，大抵礼乐征伐之议，赞画居多。丁未（按：至正二十五年，一三六八）授翰林侍讲学士、知制诰、同修国史。次年皇上肇登大宝，改元洪武，寻升本院学士，兼东阁学士、知制诰、兼修国史。五月车驾幸汴，得告归省丘墓。冬末再行，复以年高得请致政归。明年庚戌（按：洪武三年，一三七〇）冬十二月，以疾终，年七十二。

自幼为学，即以列圣传心为主，践履致用为工，上穷道体，幽赞化原〔七〕。谓圣人精义入神之功，或寄于百家众技之末，是以一事一物，莫不旁搜曲摭，沿流溯源。谓濂、洛既兴，考亭继作，而道学大明于世。然学者往往循途守辙，不复致思。已明者，既不求其真知；未明者，遂谓卒不可知，岂前贤所深望于后人者哉？加以词华浮靡之习荡其中，科举利禄之心诱其外，是以圣学明而实晦，飘流忘返，慨然思所以救之。于是考六经之源，究制作之始，以得名言之义，味词助之旨，以畅指趣之归，而圣贤之心见于方册者，始可得而见，然后旁参之以传注之文，究极乎濂洛考亭之说，熟玩乎其所已明，而深究乎其所未明。尝曰：「先儒传注之意，所以求经之明也。而近世举业，往往混诵经注。既不能体味乎传注，而反断裂其经文，使之血脉不通，首尾不应，知味乐学，何所自乎？」于是始作诸经旁注。离而观之，则逐字为训；合而诵之，则文义成章，纲提目举，一览可知，其有训而未类，疑而未安者，则必穷研极虑，不合乎圣经不止也。尝曰：「旁注之作也，知其粗者，以为小学之入门，悟其妙者，知其为研精造道之要法。」生平之所以有得于圣经之蕴者以此，此道学之大概也。

于《易》则有以见夫《河图》、《洛书》之异也，而原则同；先天后天之殊也，而实则一。

序卦之说，则本乎吴澄之卦统，以总其纲，表章乎萧汉中之说，以极其趣。他如四卦从中起之，故方园往来逆顺之妙，著七卦八之实迹，用九用六之微机，卦象之神奇，卦变之定法，贞悔元之大义，三陈九卦之要旨，诸如此类，有得于前圣之心者。旁注不足以尽其蕴，则又列于前图以表之，而千载不释之疑于是乎定。

于《书》，则蔡沈受命作传，惜其成于考亭既殁之后，门人语录未萃之前，是以犹有未备者，乃参考诸说，以折其衷，成《书传辑》，补其缺而正其讹。又直约之曰《书传补正》以翊之，而朱蔡之旨于是乎备。

他如《礼》经大祀未审，《春秋》书法未明，三圣执中之本旨，孔门求仁之要义，《中庸》智仁勇之统，尊德性、道问学之说，孟氏存心养性之异用，风人诗章之体，音韵之说，诸如此类，皆涵咏玩索，有得乎圣贤之旨者。其异也，非立异以要名；其同也，非雷同而苟合。今不能悉录。

平生处己以俭，待物以仁，恩以济乡邻，巽以处患难，犯而不校，宽而有容，是以遐迩宗师大小咸服。然天性刚直，不肯苟同，以其出自公心，人受其责者，亦未尝怨也。

自幼至于捐馆，六十年间虽出处不常，未尝一日离卷，考索编录，动成卷帙。所著有《易》、《诗》、《书》、《周官》、《礼仪》、《礼记》、《四书》、《孝经》、《孙子》诸旁注，他如《小四书》、《小学名数》、《类选小诗》、医家、卜蓍、葬书之类，皆有记录，兹不尽载。

其在朝也，有所拟议，随即废毁，无复存者，惟制诰表笺，前后文稿若干卷藏于家。

枫林传赞(廖道南)〔八〕

朱升字允升，徽州休宁人，后徙歙县之石门。幼师乡贡进士陈栎，栎深器之。元至正癸未(按：三年，一三四三)，闻资中黄楚望讲道湓浦，偕赵汸往学焉。既得乃归，读书紫阳祠中。乙酉(按：至正五年，一三四五)举乡荐，授池州路学正。壬辰(按：至正十二年，一三五二)淮甸蕲兵起，升所居穷僻，虽避兵奔窜而著述不辍，脱去俗学，直造本真，究极玄微，覃精大道。

丁酉(按：至正十七年，一三五七)天兵至徽，召问大计，对曰：「高筑墙，广积粮，缓称王。」上嘉其朴，遂预密议。凡礼乐征伐，典章文物，多所赞画。吴元年丁未(按：至正二十七年，一三六七)拜侍讲学士、中顺大夫、知制诰、同修国史。上亲制诰诗有曰：「眷我同宗之老，实为耆哲之英。」无何，乃陟为本院学士兼东阁大学士，特免其谒，以优礼之。

洪武元年(按：一三六八)二月乙卯，上御东阁，顾谓朱升曰：「近观《周礼》有所谓六梦者，朕尝感异梦，厥兆维何？」对曰：「人之精魂上通于天，此陛下受命之兆也。轩辕梦游华胥，天下大治。帝王之兴，自有天命，盖振古如斯矣。」三月命升修《女诫》，升受命纂辑。二年(按：一三六八)三月复命撰《斋戒文》，是月请老归家，所居梅花初月楼，乃宸翰所赐者。卒年七十二，学者称为枫林先生。所著有《五经旁注》、《四书旁注》及《书传补正》诸书传解行于世。

廖道南曰：「余幼从石门大夫学，即诵枫林《小四书》，迥然异之。及览诸经旁注，慨然兴叹，以为道可即矣。石门大夫复示以玄旨，约之精义，乃今知枫林先生之学，要亦切当，不可诬也。」遂为之赞曰：

矫矫耆儒，紫阳之裔，文不丧天，道不坠地。乃究渊源，好学笃志。躬遇真人，风云景会。乃考礼乐，乃新规制。乐道石门，始终一致也欤！

枫林像赞（康永韶）〔九〕

此枫林先生之像也。质乎其朴，形乎其愚。道明孔孟，学继程朱。故其经纶之才，赞翊之功，咸得以施为。噫！斯人也，无负于天地之所生，无负于圣贤之所期，无负于斯世，无负于斯时也欤！

休宁理学名贤朱升传（范涞）〔一〇〕

学士朱升，明儒，字允升，洄溪人。幼师陈定宇，闻黄楚望讲道湓浦，遂往从学，及为池州路学正，以身示法，江南北学者云集。其学以列圣传心为主，践履致用为功，务究极天人之蕴，兼理数而一之。谓近世科举业，断裂经文，失先儒传注本意，于是取《易》、《诗》、《书》、《周官》、《仪礼》、《礼记》、《四书》、《孝经》、《小学》，各为旁注，及《书传补正》、《辑注》传于世。学者称枫林先生，后隐于歙之石门。

丁酉（按：至正十七年，一三五七）天兵下徽，即被召见，嗣连岁被征，每蒙上密有访问，大抵礼乐征伐之议，赞画居多。丁未（按：至正二十七年，一三六七）授翰林侍讲学士，同修国史，寻升本院学士兼东阁学士。以年高得请致政归，终于家。详见郡志《名贤传》及《学系录》、《新安文献志》。其子礼部侍郎名同，《汪仁峰文集》内并称之。考郡志未详事实，或掩于其父耶？亦应祀书院。

翼运绩略

至正丁酉（按：至正十七年，一三五七）夏六月，天兵至徽。上闻朱升名，微服从连岭出石门，亲临其室，访问大计。升进三策，曰「高筑墙，广积粮，缓称王。」上喜其朴，大悦，命预帷幄密议。时守徽州路元帅福童、八元帅等，练兵完城，坚守拒命。朱升独立城下，谕曰：「仰观乾象，俯察历数，朱姓当王。天下王气，应在金陵。江南行省平章吴国公智量英武，一代真主也。将军可早为善后之计，全万民之命。」福童等素服升有先见，遂开城出降。宁河王邓愈率济国公丁德兴等，按兵入城，秋毫无犯，封府库，抚遗黎，以俟上命。有伪元帅门思午不花等作乱，升言于宁河王曰：「乱贼虽遁，他降将仍有二心，惟推诚怀人，俾无疑惧，可服其心，得其用也。」

冬十月，授朱升中书咨议，告归省，辞不受。上谓曰：「宗长南还，可传我意，命行枢密院判官邓愈镇守徽州，规取东南。」适有元军院判奥鲁灰、苗兵左丞杨完者，两道并进，逼攻徽城。宁河王问计，升曰：「今两军势合，锋锐难当，且元军声言复城，兵出有名，不如伪许还之，缓其攻战，使苗兵观疑。且苗兵尤雄，乘彼疑畏，先袭破之，藉此兵威，击奥鲁灰，彼见势孤力穷，不敢交战，振武全城，在此一举。」

上命守徽州将兵征取浮梁、饶州、乐平等处，麻仓瑶、景德镇二处瑶蛮率众来拒。朱升遣子朱同，率谕休宁大坑口民兵千户方德厚往招服之。

戊戌年（按：至正十八年，一三五八）十一月婺州久拒不下。朱升劝上亲行。因问兵要，对曰：「杀降不祥，惟不嗜杀人者，天下无敌。五七年为政于天下，乃成数也。」上率抚制亲军副都指挥使杨璟等众十万，又戒饬枢密院判官胡大海等，城破无许妄杀。十二月下之，问曰：「处州密迩，可伐欤？」升对曰：「处州有刘基、叶琛、章溢，皆王佐才，难致麾下；必取处州，然后可得。」

己亥年（按：至正十九年，一三五九）正月议伐诸暨，升曰：「筮数皆可伐，但在木土相犯之日，有伤阴阳和气，干戈不旋踵而兴，惟豫严守备，修德以回天意，可保无虞也。」伪吴将华元帅于雾塞云暗中遁去，贼党吕珍复引兵来堰水灌城。我师预防，击败之。上闻捷报曰：「朱允升知几其神乎！」

十月，上问处州事势。升对曰：「处州僻在山隅，救兵遥远，邻近州县皆已款附，石抹宜孙守此孤城，锐丧谋阻，反用羸弱，膺城劲兵，远守四隅，不出月馀可克之。」

庚子年（按：至正二十年，一三六〇）闰五月丙辰，陈友谅陷太平府，弑伪主僭号，约张士诚侵建康，倾国入寇，直犯龙湾，众皆汹汹。朱升蓍得先迷后得之兆，因奏曰：「观贼舟师蔽江而下，皆志得意满。有犯『兵骄者败』之兵法，岂终有为乎？今宜奖励六军，谕以忠义，尽人和之道，乘彼远涉，便我地方，依地利之势，坚壁固守，伺机而击，顺天时之善，然后亲督战士，故曰『天道后举者胜。』」友谅果大败。生擒伪枭将张志雄、梁铉、喻国兴、刘世衍等，获众二万，辎重称是。

辛丑年（按：至正二十一年，一三六一）秋七月，上以伪汉轻启兵衅，大率骑步舳舻讨之，克铜陵。至安庆，守备完整。朱升曰：「我军不可淹留安庆，只宜径抵江州；少缓，则江州知备矣。先取伪都，则安庆失势，伐之无难也。」又进曰：「今大军西征，东贼有觊觎之心，宜命常遇春回守龙江，以固建康。」

癸卯年（按：至正二十三年，一三六三）三月，张士诚出兵围安丰，刘福通请援。朱升进曰：「福通纳款求救，若迁延坐视，不惟阻豪杰修好之心，且示弱于敌也。倘敌侥倖杀获福通据城，犹虎添翼，悔无及矣。」劝上亲征，伪吴将吕珍、庐州守将左君弼等皆败走。

七月丙戌，上亲往援洪都，友谅东出鄱阳湖。丁亥遇于康郎山，戊子、已丑、庚寅大战三胜之后，稍不利，为友谅所逼。升谓都指挥使韩成曰：「事急矣！」成答曰：「如教。」升又进曰：「贼尽国兵而来，众多粮少，不能持久，我师结营于南湖嘴，绝贼出入之路，待其粮尽力疲，进退两难，前后受敌，克之必矣。」上曰：「我粮亦少。」升对曰：「去此百里许，有建星、子吕、天保、刘椿四家，蓄积稻粮，宜急去借，勿为贼先取也。」果得粮万馀，六军皆呼万岁，欢声震动天地。上曰：「建康久不嗣音，乱我心曲。」升对曰：「右丞徐达，威武服众，遣回镇守，可得一意。」从此两军相持旬有五日，升蓍得晋卦五爻，有变占云：「明日我主逢凶化吉，帝业自此成也。」是时友谅据鞋山日久，粮尽计窘，欲由禁江口遁回，我师击之，自辰至未。上坐胡床指挥，升遽捧进船仓，而贼发流矢已中胡床板矣，友谅大喜，张望，反被我师一箭射死。

九月，上复亲征武昌，朱升进曰：「陈理恃张定边等奸谋拒命，难以战伐招降，不如为久困之计，分兵四门，立栅围之，江中连舟为砦，以遏水陆饷道，城中乏粮，心离乱作，可片纸下矣。」

甲辰年（按：至正二十四年，一三六四）二月上复亲征武昌，命朱升曰：「陈理一孺子耳，今日拒命，其为臣下所误，吾不忍生灵无辜而罹锋镝，若俟城破，必有非命而死者矣。今天与不取，则此百姓抑有何辜而遭涂炭乎！可悉我意，草诏谕之。」理奉诏出降。

乙巳年（按：至正二十五年，一三六五）十二月，张士诚出兵犯江阴、京口，朱升奏遣中书平章汤和镇守常州。

丙午年（按：至正二十六年，一三六六）春正月，伪吴仍以舟师来往江中，扰我城砦，命朱升参赞军机，大败贼于孟子河，追至巫子门，获贼众一千，辎重称是。

夏四月，濠州李济降。上往濠州梁省陵墓，命朱升撰定尊崇之礼，重加修饰。

丁未年（按：至正二十七年，一三六七）改正朔年号为吴元年。秋七月乙亥，先是上命道童俊秀者，充乐舞生，至是始集。上御戟门，召学士朱升领乐舞生入见，奏雅乐阅试之。上亲击石磬，命升辨识五音，升以宫音为徵音，上曰：「卿何以宫作徵耶？」起居注熊鼎对曰：「八音之中，石最难和。故《书》曰：『于予击石拊石，百兽率舞。』」上曰：「石声固难和，然乐以人声为主，人声和，则八音和矣。」因命乐生登歌一曲，上复叹曰：「古者作乐以和民声，格神人而与天地同其和。近世儒者鲜知音律之学，欲乐和固不难耶！」升等对曰：「乐音不在外求，在人君一心，君心和，则天地之气亦和；天地之气和，则乐无不和矣。」

上求充臧处所营建宫殿，朱升奏曰：「主一家一国者，以一家一国为方隅，君临天下者，以天下为方隅，今天下一家，其以天下形势论之，必得四国攸同，居重驭轻之地可也。」上问曰：「取何朝对？」升曰：「谁敢对，自有天对。」上又于扦定殿中密瘗金钱，以土复之，试问群臣，升以手杖筌起金钱，曰：「万年大宝在此。」上大悦，曰：「是何先得我心也。」宫殿告成，升书：「日月光天德，山河壮帝居」联对进献。

学士朱升奏曰：「臣闻上古以右为尊，亦有以左为尊者。元朝入主中国，自耻夷狄之陋，每欲用夏变夷，辄曰：『师古礼文尚右』，则是徒泥诸古而已，岂知周鉴二代时中乎？今按长男东方才，位居左，则知左为尊，庶适礼之中而不悖也。」

户部奏各处土产应贡，注徽州莲心茶，马蹄鳖、清水鳗鱀，上特洒翰蠲免，曰：「使朱升乡里，世世沾皇恩也。」

诏翰林儒臣议定三年丧服，应奉奏曰：「母怀胎十月，乳哺三年，该斩衰三年；父暂有腹育之恩，寝则处乾推湿，该齐衰三年。」朱升奏曰：「父，天也；母，地也。地无天不生万物，人无父不生其身，止知有母，不知有父，非盛世礼也。」上命定父母皆斩衰三年。

九月，大集文武，议北伐中原，东取闽越，南平两广，上多善升议。复曰：「吾竟夕不眠者，以中原势大，卿等勿易视也。」至夜静，独召朱升，示欲亲征。升对曰：「伪汉伪吴虽擒，贼党未尽，尚当亲御九重，提练六师，镇抚四夷，岂可虑一隅而忘三隅乎？臣观元君淫虐，臣下跳梁，土地日蹙，履霜可知，遣将声罪，则涂炭之民，担酒牵羊，迎我载路矣。」上问：「信国公徐达、鄂国公常遇春总北伐何如？」升贺曰：「中原可指日定也。」

十二月癸丑，群臣奉表劝进。上曰：「中原未平，军旅未息，吾意天下大定，然后议此，而卿等屡请不已，此大事当斟酌礼仪而行，不可草草。」命朱升兼议礼官。辛酉，制定即位礼仪成，进。上览毕，付中书省。甲子，上御新宫，以臣下推戴之言，告于上帝，以明年正月四日即皇帝位。

洪武元年（校：一三六八），上登钟山，词臣扈从于拥翠亭，给笔札即景赋诗，朱升亦与焉。

洪武初，上稽古礼文，法周为治，宏纲大要，举之于上，以正百官者，盖取诸《周礼》；繁文缛节，颁之于下，以正万民者，盖取诸《仪礼》。命儒臣陶安定郊社群祀礼，詹同定四庙祫祭礼，李善长定官民丧礼，朱升定祭祀斋戒礼，崔亮定五祀礼，刘基定百官朝会礼，魏观定祀祭礼，陶凯定军礼。

上御东阁，顾谓朱升曰：「近观《周礼》有所谓六梦者，朕尝感异梦，厥兆维何？」升对曰：「人之精魄上通于天，此陛下受命之兆。昔轩辕梦游华胥，天下大治，帝王之兴，自有天命，盖振古如兹矣。」

二月，定宗庙时享之礼。学士朱升、侍制詹同等奏曰：「按《礼》：古者「禴祠蒸尝」，四时之祭，三祭皆合享于祖庙，祭于各庙者，惟春焉。然自汉而下，庙皆同堂异室，则又四时皆合祭矣。今四时庙享亦宜仿近制，合祭于第一庙，庶适礼之中无烦渎也。」上命春特祭，余四时合祭。

三月辛未朔，上命朱升修《女诫》。谕之曰：「治天下者，修身为本，正家为先。正家之道，始于谨夫妇。后妃虽母仪天下，然不可使预政事，至于嫔嫱之属，不过备执事侍巾栉，若宠之太过，恐骄肆犯分，上下失序。朕观历代宫闱，政由内出，鲜有不为祸乱者。夫内嬖惑人，甚于鸩毒，惟明贤之主，能察之于未然，其他未有不为所惑者也。卿等为我纂述《女诫》及古贤妃之事可为法者，示后世子孙，知所持守。」

五月，车驾幸汴，朱升告归省丘墓。上曰：「开基垂统，创立政事，必使子孙可为世守，卿与我共事久，历练老成，今天下一家，正当创为之初，早时来京，弼立政教制作，朕则汝嘉。」

十二月，上命学士朱升草诏求遗书。先是丙午年（按：至正二十六年，一三六六）春三月访求遗书。吴元年（按：至正二十七年，一三六七）九月命升等订证补辑，整成卷帙，至是又有是命。

洪武二年（按：一三六九）三月戊戌，命升定斋戒之期。升奉敕撰《斋戒文》，曰：「凡祭祀先斋戒，而后可以感通神明，戒者禁止其外，斋者整齐其内。沐浴更衣，出宿外舍，不饮酒，不茹荤，不问疾，不吊丧，不听乐，不理刑名，此则戒也；专一其心，严畏谨慎，不思他事，惟思所祭之神，如在其上，如在其左右，精白一诚，无须臾间，此则斋也。大祀斋戒七日，中祭斋戒五日。」既进览，上曰：「大祀七日，中祭五日，日久，恐有懈怠。」自后以三日为则，命大常著为令。

是月，升请老归山。上欲锡以爵土。固辞不受，曰：「臣后人福薄，不敢叨天恩也。」上曰：「卿子几何？即不受吾爵，独不使辅朕乎？」升涕泣下，哽咽对曰：「臣一子名同，事君之忠有余，保身之哲不足，臣所以不令其仕者，恐他日不得老死牖下也。」上曰：「恶，是何言欤？朕与卿分则君臣，情同父子，何嫌何疑而虑及此乎？」升曰：「非臣过虑，数固然耳。但愿陛下哀念老臣，臣子不免，赐以完躯，幸矣。」言毕，涕数行下。上亦为恻然，因与朱同免死券，以慰之。驰驿送归，升陛辞请曰：「伏愿陛下明照万里，治国有三重焉：东宫择贤师，保将相，久试贤能，百姓如保赤子〔一一〕。故曰，『为天下得人，有人有土，万年无疆。』」

校注

〔一〕此传原注「载徽郡志」。「《徽郡志》」当为明洪武十年（一三七七）知府张孟善修、朱同纂的《重编新安志》，今该志已佚。明弘治间程敏政《新安文献志》卷七十六《行实·勋贤》录载此传，题称《朱学士升传》，下署作者「朱礼侍（同）」即为明证。唯程氏转录之传文中无「献三策」语，少数字句亦间有小异。

〔二〕陈栎，见卷四《送程仲本之龙川侍亲序》注。

〔三〕黄楚望即黄泽，见卷三《集赵东山文稿序》注。

〔四〕赵汸，见卷三《集赵东山文稿序》注。

〔五〕吴澄字幼清，号草庐，崇仁人。至大初为国子监司业，后迁翰林学士。泰定初，开经筵，以澄为讲官。修《英宗实录》总其事。讲学著述，从者如流。《元史》卷一百七十一有传。

〔六〕原本作「辄」，此据《新安文献志》卷七十六《行实·勋贤》朱升传改。

〔七〕《新安文献志》卷七十六作「幽探元化」。

〔八〕廖道南字鸣吾，蒲圻人。正德进士，官翰林侍讲学士。所著有《殿阁词林记事》等。

〔九〕康永韶字用和，祁门人。成化间选授御史，后擢太常少卿，掌钦天监事。《明史》卷一百八十有传。

〔一〇〕范涞，字原易，号晞阳，休宁人。万历进士，官至福建左布政使。

〔一一〕「百姓」上疑缺一「保」字。

朱枫林集卷十

附录

韩国李公书

善长顿首奉书允升朱先生阁下：奉违诲言，倏然许久，引领南望，悠悠我思。计惟文候清康，眠食安好，足为吾道之庆。然先生文学德誉，圣君所知，实儒流之老成，国家之重望，兹当作兴斯文，敷求治道之际，岂宜高蹈丘园，独善而已哉？是用专使礼请，即冀惠然戒途，以慰众心，切深颙俟之至，不具。

刘商卿赠归新安序名夏，字逼简，号商卿

余少之时，即有志乎通《五经》，迄闻方外之士有曰：「东门旲者，八九十岁，饮酒数斗，酒酣诵《五经》注疏如流，通州大邑学士大夫为之敛手逊避」。彼何人哉？余何人哉？余乃不斯人是似也耶！愈觉愤恚，几抱损疾，当有隐者教我曰：「吾语汝读经之法：先经而后传可也」。始闻不之信，意谓非传无以得乎经，而困郁无聊，姑且试为之，果然若有所悟入。隐者又曰：「尔既然吾言矣，自此执经以证传可也。」为之又十馀年，隐者笑曰：「遂去传读经可矣。」除

典章名物，其馀一切空言舍之，如脱桎梏。

夫天地至文也，若不能用言语宣泄以告人，仅能显其呈露之象而已。圣人作《五经》，修辞创体，摹写天地至文，代之有言，宣泄以教百王；百王承之，播敷为大训，以教天下万民，遂成美俗。世綦隆平，其道发挥三才，其文结构如作室庐，而千有馀年以来，注者屑屑，散为流澌，失其江河之势；碎为啾唧，失其雷霆之音。余由援经证传之故，悟古注经之士其失有如此者矣。

静坐一榻，惟此心亨绝，不敢持之以告人，恐取怨怒于近世科举之士。不料朱允升先生博学力行，来自徽国文公之里，闻而知之，屡约谈道天界寺中。先生忘年，属以师道，每谓人曰：「吾得异人焉。」国人皆笑先生，而先生毅然不顾也。

今先生得告还家，余有所疑义，从谁而质之也哉？知心于百一，后来之士谁为之继之也哉？又记文公《答陈传良诗释》之书，有曰：「字为之训，句为之释，我不如卿；拓开千古之心胸，推倒一时之豪杰，卿不如我。」及今几二百馀年矣，又安得起徽国文公之高风绝识，而与之共议此事也哉？」骊驹歌既，先生行矣。徽国悠悠，山峙川流。我之怀矣，曷其有已。

刘商卿示教读易诀

庖犧氏作《易》，《易》何在也？今六十四卦爻之所以为象，六十四卦名之所以取义，此则庖牺氏之《易》书文字矣。至周时，文王、周公、孔子俱各系以辞，始谓之《周易》也。是故设六十四卦爻以示象，命六十四卦名以示义，往来古今，数十万年治乱兴亡，理势情状之所必至者，举不出六十四卦、六十四义之中矣。

在昔夏商之前，文王、周公、孔子之辞未作，而夏商圣人君子之读《易》，只缘羲皇所制象、因羲皇所命名，而文王、周公、孔子之辞意洋洋无不具备。今学者果欲明乎《易》，置身文王、周公、孔子之前，将羲皇制象命名之学一时打通了，则文王、周公、孔子所系辞旨，破竹之势，无复留刃矣。无奈古今注《易》之士凡千百家，绝不曾以伏羲之《易》自为一书，以冠文王、周公、孔子之文，如裘失其领，网失其纲，是数子孙而遗忘其先祖，可乎？昨日出市到明渊斋中，渊诵先生之言见告，以为得仆所示图，不晓其义，与无图同。正为先生未领图旨，仆之忧也。往圣绝学，只在此图，惟先生留意焉。

按，此图羲皇制象命名之书，用以纪阴阳代谢，达之天下古今，以命盛衰消长之运，故名之曰：「奕代《易》也」。

刘商卿示教大业图旨

仆所传《易大业图》，即上古圣人庖犧氏之《易》，以纲理、天道、人道、地道始终一周之运也。是故乾胎于西北，故升卦在焉；游历至震，故晋卦在焉；登升于离，故渐卦在焉。以定乎气化天地之道，毁坏藏密于西北之墟，而震迅奋发亦在西北，故亥子之交者，气机出入之所由也，以定乎天下国家，迭为盛衰之消长之势者。殷受天命，泽竭且弊，而太王王于岐山之阳，乃履顺德，积小以高大，以定乎物理。十月麦且生，而四月靡草死，皆谓阴阳无遽绝，互藏为根穴，故西北用升也。

震，东方；东方日出，故曰日出地上。晋其冲明夷；明夷，日入西方也。震，公侯之象；故六爻取公侯序进象之，故震位用晋也。自复一阳，游历三十卦，升极为渐，居南，离。离，天下国家所有事也。古之君子穷理尽性至于命，国治而天下平，至渐为极功，故六爻取象鸿。三十卦自下而升高，犹如鸿渐于干，而切于云路之冥冥，至是不可复加，故渐之后剥。三十卦至归妹，乃渐老不用事矣。三卦在图之旨，大凡如此，宜乎默识。始仆好之，寝寐乎是，饮食乎是。大抵圣人之辞微，若机括少许难求之拱把，隐者空青之少尔难测之江河。

翰林先生朱允升闻之，亟从仆求此图。图明，然后文王、周公、孔子之辞有据，见定不惑，融两岐而底于一，谓之明经可也。而此三卦，今高仲晖取以名斋，既以告仲晖，又因仲晖以答朱翰林也。

赵东山与论春秋书

《春秋》疑义难决，有自来矣。所谓事大体重，人微言轻，一过目未极底蕴，便欲决其是非，此黄先生所以宁终身不以示人也〔一〕。若小子则不然。郑渔仲有云：一事无两造之辞，则狱有偏听之惑。」余故于明是经之士相与指摘，无论合否，择其大有关系者，得百十条，设为问答，以附书后，则一得之愚可以自见，而经旨明矣，岂不快哉？是以于刘公高论拳拳，欲得闻之，承批示二说：

其一谓《春秋》随事笔削，决无凡例，前辈言此亦多。至丹阳洪氏之说出，则此件公案不容再举矣。其言曰：《春秋》本无例，学者因行事之迹以为例，犹天下无度，历家即周天之数数以为度，此论甚当。至黄先生则谓《鲁史》有例，圣贤无例。非无例也，以义为例，隐而不彰，则又精矣。今汸所纂述，却只是属辞比事为法，其间异同详略，触类贯通，自成义例，与先儒所纂而释者殊不同。然后知以例说经，固不足以知圣人；为一切之说以自欺，而漫无统纪者，亦不足以言《春秋》也。是故但以属辞名书，而序文具见微意，明不可与《释例》、《纂例》等书同论也。

其二，谓宋华元出奔、归国间无异事，再书名氏为特笔，此等处最好商略，但恐有理难申耳！《春秋》之有变文，非得已也。然犹是史文中改易一二字；至于特笔，则非史氏恒辞所及矣。然非有大正于君臣、父子之间，亦不苟为异同也。凡先儒曰变文、曰特笔云者，皆无根据，直是以意取之，与愚见不可同日语。

至若所谓间无异事、有异事云者，不过史家得便宜。二传本为盟会发例，若推之以释他事，则如实来暨齐平，执曹伯畀宋人，一事而再见者。苟间无异事者，皆得蒙上文矣。若宋公使华元来聘，宋公使孙寿来纳币，晋侯侵曹，晋侯伐卫，各是一事者，虽间无异事，亦不得蒙上文也。

凡大夫出奔者，未必悉得返国，其出与归事，本末亦多不同，故出奔与返国，各是一事，史法不得相蒙。是以圣人修经，出奔与归国亦各有笔削，或书其出，不书其归；或书其归，不书其出；虽是一人之事，而书法亦不相同。此宋华元自晋归于宋，虽间无异事，不得蒙上文，亦不过史氏恒辞而已。窃料言此者，必援郑良霄事为证，若愚见则大夫书入法，与书归不同。况良霄之罪，郑人既讨而杀之，《春秋》书郑人杀良霄以讨，辞为重，苟间无异事，则自许入郑，得并上文出奔为一事，不必更端可也。华元虽挟晋为重，然其出与归，皆为国事，非怀恶以入之比，乃以间无异事，故书之与良霄同文。《鲁史》虽固陋，宜不至此，亦无待于圣笔而重书其名氏矣。

然良霄事与获麟后记陈宗竖事，史法正相表里。夏书陈宗竖出奔楚，冬书陈宗竖自楚复入于陈，陈人杀之者，历三时，间数事，于史法自合，更端书之。既再书陈宗竖，故下文但书陈人杀之，并复入为一事，而不复再举其名氏，详于上则略于下，如复详于下，则与特笔何辨乎？借令良霄与宗竖易地，则书法皆同矣。此既非笔削之旨，则华元再举名氏，何特笔之云？苟为不然，则凡先儒曰特笔、笔笔云者，宜无不可通矣。愚见如此，未审先生检阅后以为何如？其他云云，不惜一一，批示使得致思区区之望也。

近年以来，昏愦殊甚，已写出者辄不复记，倘时得人剖击，亦一助也。《长历》、《大衍历》考经异同疏密之由，已悉改入。日月差谬，类王周正月说，却入《左传补注》中。草稿谨封上求教。江氏《长历序》，得令人抄示，幸甚。德懋久不相见〔二〕，其文亦恐不存矣。适舍弟归故里，承动静得拜此良便，临书草草不宜。

诸名公赠归新安诗

年年应召赴秦淮，此会留连百日阶。王室大兴新制作，客邸细话旧情怀。未霜荷叶迎湖露，初月梅花映雪斋。更为相逢多胜事，御沟垂柳拂春街。

——陶　安〔三〕

楚望先生在湓浦，纂注六经书满楼。匡庐看云我舒啸，程门立雪君从游。龙虎榜中昔黄甲，凤凰池上今白头。谁知此日此相会，晨星落落令人愁。

——詹　同〔四〕

翰林风月知无数，扶起乾坤随指顾。天颜含笑许归来，回首家山秋欲暮。梅花初月犹如故，笑倚栏杆情自娱。先生忧国苦倾心，四海苍生沾雨露。

——范　准〔五〕

紫阳道统接河南，又得枫林继述完。一脉真传今即古，千年秘学易而难。掀天事业乾坤内，开国功勋宇宙间。明哲保身归隐后，翰林声价胜封王。

——吴　鼎

传书伏胜正高年，落落晨星望晓天。玉杖刻雄言不噎，羽冠制鹖迹犹传。鼎炉九转参同契，铅椠千言考异编。名锁难拘尘袜混，朱颜长作地行仙。

其二

道园昔遇赵邠卿，师友渊源溯考亭。岁久百川归学海，天空千里识文星。怀人霜鬓秋先白，送客云山晓独青。珍重回车烦寄语，长沙贾谊足飘零。

丙戌（按：至正六年，一三四六）冬，高处邵庵先生门下，时休宁赵君子常以其县公唐子华之命，来征学记，始获叙交。子常励志古学，尚友前修，深为先生所称许。凡平昔躬行心得之渊微，耳闻目接之融贯，无不备承训，相处虽厚，而相期独远；且知其学出自允升先生，每对高辈言，未尝不叹其渊源之有自也。既而各谋食四方，而归鸿天藻，亦仙游于阆风玄圃之表，兵尘陈雾，焦土劫灰尚念，奚堪回首？乙巳（按：至正二十五年，一三六五）秋冬，金陵邸始会朱先生。貌壮年高，言谆行笃，即之温如，引接后进之诚，惟恐弗及。复闻子常别后二十年，学成而誉修，身隐而道显而高。流离湖、湘，形瘁业废，每一兴怀，辄愧汗终日也。先生得请归山，征诗以识本末，故忱缕信笔书之，不足为他人道，幸准而正之。

——练　高〔六〕

万国星罗拱帝京，紫霄宫殿近西清。瑶阶芳草留春色，玉署飞花炫昼晴。自是相如多宠渥，那知严助厌承明。上章得请归来日，想得东风祖帐荣。

——汪　强

黄峰三十六，秀色干云霞。哲人结茅屋，饱读书五车。乘时展经济，白日升天槎。挂冠仍著述，人羡笔生花。

——刘彦昺

王驸马祭文

维洪武四年（按：一三七一）岁在辛亥，闰十月甲寅朔，越十有八日辛未，镇国上将军驸马都尉王克恭〔七〕，谨以牲酒之奠，致祭于故翰林大学士允升先生朱公之灵曰：

呜呼！先生之生也，有益于斯世；先生之殁也，遗憾于斯文。立身大节，耿耿不泯，居乡行义，蔼蔼清芬。惟昔奉诏，掌诰词垣。礼乐刑政，日夕讨论。从容谏诤，辞直言谆。古礼是稽，如无不陈。规矩久蹈，圣眷惟亲。屡称衰病，辞禄安贫。皇仁惟允，俾遂归田。载寻古训，居第青山。疾痛呻吟，丹铅弗宣。旁通众流，翻奥纂玄。章句旁罗，细书大编。五车万卷，巨壑投涓。

我来新安，持节守边。剪寇于东，平戎番源。旌旗朝麾，夕驻石门。开轩梅西，对饮月前。由是密迩，托交岁寒。诗书仁义，爰启其端。别来六载，引领山川。

呜呼哀哉！兹闻讣报，五内如燃。昔承公教，铭刻肺肝。敬思德容，瞻忽后先。公之云殁，宜执豆笾。戎役羁縻，吊祭无缘。

呜呼哀哉！我知先生殁有遗憾者，岂不以其书未传其人耶？子孙未见其众多耶？吾闻有德者后必大，道尊者名必扬。先生之死犹不死，将与天地并立而辉光。

缄词写诚，以侑荐觞。临风载拜，涕泣其滂。呜呼哀哉。伏惟尚飨。

黄门生祭文

维洪武四年（按：一三七一）月日，门生黄枢偕弟权等〔八〕，谨以香茶酒果之奠，百拜昭告于先师翼二翰林大学士枫林先生朱公之灵，曰：

呜呼！先生之聪明卓绝，天下之人皆知之。大而天人之道，远而造化之旨，精穷阃奥，妙析毫厘，不雷同而是是，不崖异而非非。取六经与百氏之书籍，悉标题而旁注，使后生小子一读即了然而无疑，是以萤窗雪案俯焉，惟日以孜孜。先生于圣贤之学，真有功于百世，不但表章于一时。

昔之未达，则拟隆中之隐，及其贡于有司而达也，遽遭奇运之流离。然惟新之朝，虽三聘而进，宠以玉堂之华要，而退修之志，终固辞而归，理乎青囊之秘奇。不立产业，如疏太傅之说；不入城府，效庞德公之为。先生之业，不但为一时之矜式，真可作百世之宗师。俾当世之士势焰薰天，闻此令终于牖下，亦钦羡而欷歔。特可共恨者，晨星霜木，遗老殆尽。艵艨领袖，晚进畴依。

不肖弟兄以先君托斯文之契五十馀载，故懒钝之质，俱蒙陶冶，而扶持迩者，驱于贫而痼于疾。于先生门下，迹虽慢而心不违。客岁之腊，忽讣音之惊听，义当奔哭，适丁家祸于蘧蒢。今兹之来也，唯梅花初月，浦思山悲。先生之音容，邈乎其不可见矣。如之何？其不苦泪之交，颐尊魂不昧，鉴此芹私，呜呼尚飨。

唐翰林祭文

维正德十三年（按：一五一八）岁次戊寅，秋九月戊戌朔，越二日己亥，翰林修撰唐皋谨为文〔九〕而致奠于故翰林学士枫林老先生朱公之前，曰：

惟公之学，以定宇、资中为之师，以东山、道川为之友，而紫阳衣钵，世绪犹存，则其以列圣传心为主，践履致用为先，岂无自耶？当其未遇也，在群经有翼儒先之力；及其既遇也，以三言遂结圣主之知。辛勤注释，泽遗后学，赞画帷幄，功被生民，盖炳炳乎不可掩者。然退身之计，明而且哲，故请老之志，坚不可留，而未能大显于世，尽究所用，为可慨也。

皋自髫年，知所敬止，恨生也晚，弗获抠趋，以窥紫阳之涘。今幸承乏词垣，顾位卑望浅，而于乡邦名贤无能为役。青山白云，剑佩斯藏，瓣香卮酒，少罄微忱，伏维尚飨。

门人江敬弘挽诗〔一〇〕

已矣吾夫子，苍天不可呼。道之将丧也，文不在兹乎。举世失舟楫，斯民谁范模？一觞若止水，逝者如斯夫。

其二

桂殿荣恩早，花砖奏对长。斯文今已矣，坠绪正茫茫。河岳归灵气，台缠网夜光。空怜埋玉树，长忆白云乡。

其三

明时真学士，更代得宗臣。垂老金章委，平生药石新。乾坤悭盛德，江海泣遗民。名续新安志，篇端冠古人。

其四

在昔聆清论，于今托外姻。自怜惟地冷，相见每情亲。尊酒浯溪夜，轮蹄京邑春。传家犹有子，入室许何人？

汪蓉峰挽诗〔一一〕

石门高隐旧枫林，风雨凄凉感慨深。经籍几年曾著述，溪山无处不登临。玉堂金马华胥梦，初月梅花天地心。有子承家良足慰，却令后死重哀吟。

詹史部谒祠诗名徽〔一二〕

枫林有隐吏，圣帝屈己寻。文章冠汉魏，勋业亘古今。芳斋千树竹，云月独书琴。更有松声切，归来清我心。

晋陵蒋石原尧山堂外纪

朱升字允升，号枫林。先生徽之休宁人，徙居歙之石门。天兵下徽，请留宸翰，以光后圃书楼，上亲书「梅花初月」赐之。先生早从资中黄楚望泽游，偕同郡赵汸受经，馀暇，遂得六壬之奥。

偶访友人，见案上置四合，戏谓：「君能射覆乎？中，则奉之；否，则为他人饷也。」先生更索一合，书射语，亦合而置之曰：「少俟则启。」适有借马者，友人令仆方后山牵驴应之。先生即令一时俱启，前四合皆鱼也。射语云：「一味鱼，两味鱼，其馀两味皆是鱼；有人来借马，后山去牵驴。」宾主为之绝倒。

子名同，初生时，先生课之曰：「此子后必遭妇人之祸。」后同仕至礼部侍郎，善诗翰，大被宠遇，禁中画壁多其题咏，或令题诗赐宫人。忽御沟中有流尸，上疑之，令同自经。壬课精妙，一至于此。

程好礼集枫林文集序〔一三〕

皇明有开国翼运之臣，曰学士朱枫林者。当高庙龙飞，聘侍军门，出入帷幄，察天垂象，占筮起数，职论思出纳、命令，议礼乐、征伐之事，其信任眷顾之隆，自韩国、诚意而下，一时文臣莫及也。逮天下既定，乃隐居山林，日以著述为事，终身不复出焉。其见机之明，尤非诸人所可及者。

景泰丙子（按：七年，一四五六），公之曾孙朱昱氏访余水月轩中，以其家所藏文稿属余订证。余自擢御史，升秩都台，往来边陲，勤劳王事，不与笔砚亲者三十馀年。收剿山寇，及伐犬戎，尝窃公之谋略兵机而取胜焉。近蒙天恩，赐归田里，日惟药物是需，文墨之事，殆为外物焉。然于公之勋德，景慕私淑，为日已久，乌敢辞！爱为诠次成编。首圣旨及公卿诗文，次汇公撰庙谟及经书序跋，共成十卷焉。

夷考公实考亭夫子之族胤，当元纲解纽，四海鼎沸，与赵东山共游陈定宇之门。虽避兵奔窜，而讲诵不辍。故其学也，以穷经博古为高，而不事乎词章之末；其仕也，以救时行道为尚，而不贪乎青紫之荣，是以进退自得。高庙信任而不疑，召问而不名，其眷顾之隆，与公之事业文章亦克称焉。此吾后人仰之，以为一代文宗也。惜乎其在朝也，有所拟议，不存稿本，而平日所著诗文，又遭煨烬散逸，俾后之学者不得睹其全书为憾。顾富衰朽才疏，而于乡邦名贤无能为役，勉缀数语于集首，庶几以当景仰云。景泰丙子（按：七年，一四五六）冬日同郡程富序。

范晞阳访枫林故居途中作〔一四〕

老来访古步邅迍，霁日欣逢且暮春。远水绕山行作伴，深林入路转宜人。云春响带滩流急，风磴声随鸟语频。低曲柴门环稚叟，村烟数点自相亲。

特谒大学士元勋遗像见古谱墨画五经旁注小四书诸集

范晞阳

春霁和风访石门，透迤曲涧到深村。重峦远护遗居敞，旧榜高题御迹存。星列谱书森玉立，烟笼图画俨云屯。元勋殊号良非偶，展拜仪容道更尊。

其二

展拜仪容道更尊，派分洙泗绕乾坤。中天风动唐虞际，南国云从傅召论。注就五经长不夜，荫垂四海岂无根？庙谟著述归先达，好向遗编细细翻。

忆范工部平仲师事朱枫林先生隐居石门三载仍用前韵

范晞阳

真儒师友问渊源，世值风尘此避垣。胜境三冬滋雨露，香名千古寄兰荪。传经那意云龙会，扣角惟闻鸟雀喧。共说东南有邹鲁，由来河洛自昆仑。

校注

〔一〕黄先生谓黄泽，见卷三《集赵东山文稿序》注。

〔二〕德懋，一作德茂，见卷三《集赵东山文稿序》注。

〔三〕陶安，见卷一《翰林学士朱升诰》注。

〔四〕詹同字同文，婺源人，为郴州路学正，至正十七年（一三五七）与朱升同被召，赐今名，授国子监博士，历官翰林学士承旨兼吏部尚书。传见《（弘治）徽州府志》卷七《人物·勋贤》。

〔五〕范准字平仲，休宁汊口人，从学朱升、赵汸、汪仲鲁，明洪武中任休宁教谕，累官至工部主事，传见《（弘治）徽州府志》卷七《人物·文苑》。

〔六〕练高字伯上，新淦人，元末领乡荐，隐居不仕，洪武间召为起居注，后出为广德州知州，临汀、镇安二府通判。

〔七〕王克恭字子敬，和阳人，至正二十一年（一三六一）任徽州指挥副使，有善政。传见《（弘治）徽州府志》卷四《名宦》。

〔八〕黄枢字子运，号后圃，休宁古林人。父黄君启与升友善，得其绪端。枢，洪武初被征，以左躃辞不就，隐居教授。传见《（弘治）徽州府志》卷九《人物·隐逸》。

〔九〕唐皋字守之，号心庵，歙岩镇人。正德九年（一五一四）进士，官翰林院侍讲学士，著有《心庵文集》等。传见《（道光）徽州府志》卷十一之四《人物志·文苑》。

〔一〇〕江敬弘，休宁石佛人，师事朱升、赵汸。洪武初以吏谪濠梁，与唐肃等结社酬唱，著有《斐然集》。传见《（弘治）徽州府志》卷九《人物·隐逸》。

〔一一〕汪蓉峰谓汪睿。睿字仲鲁，号蓉峰，又号贞一道人，从学汪炎昶。元末与弟汪同起兵捍乡，后归太祖，授承务郎左春坊右司直郎。传见《（弘治）徽州府志》卷七《人物·儒硕》。

〔一二〕詹徽，詹同子，婺源庐源人。洪武中历官左佥都御史，进左都御史兼吏部尚书，后坐事废，传见《（弘治）徽州府志》

卷七《人物·勋贤》詹同传附。

〔一三〕程好礼谓程富。富字好礼，号泳月道人，永乐十二年（一四一四）领乡荐，宣德三年（一四二八）拜监察御史，出按广东。传见《（弘治）徽州府志》卷七《人物·儒硕》。

〔一四〕范晞阳即范涞。见卷九《休宁理学名贤朱升传》注。

集外佚文

致杨季诚书〔一〕

近日为馆粲之扰，别来忽复一月矣。虎哥昨日相见，知近况为喜。小生今两日在珰溪，明日居石门山中，因此间有两使，附此问讯吾宗之前，丐为道问，此来不及屐候也。

偶在此有所见闻，辄用控告令亲宅中，直为禀司事赴召，只当叔出季处，觉得其昆仲不能坦怀，出则俱出，若然则乘桴之事，恐误公家，千万留意，小生却不可直以禀闻故也。

小生抱采薪之忧半月矣，山中无所与接，愁况未开，病怀日锢，重辱佳制远来，未竟终篇，似启丁囊，见参苓诸物也，甚慰甚慰。他所谕者，黄生久不在此，俟会后知详，方可相答。大抵此事在天，皆非人力所为，虽付之不问，亦可也。高明自有定见，病中裁复不悉。

兀坐山斋，度霜两度，虽离群索居，犹日与古昔圣贤相对，此中真理，实契予心。尊兄长近况自佳，著述更富，未审得暇一读否？小生迩来旁注诸书，窃恐近于训诂，无当于精微之蕴，请正有道祈一一指教是幸。渴想经年，何时同登紫阳，临风一写之为慰。（载明杨琢《心远楼存稿》卷八《赠言》）。

祭郑师山先生文代金震祖作〔二〕

岁屠维大渊献兮（按：己亥，至正十九年，一三五九），日南斗之初。瘗郑先生葬庙岭兮，在既殁之二年。来会葬而待事兮，老契生金震祖〔三〕。牢牲厕乎苞匦兮，清酒酹乎坟土。

曰：人灵于庶物兮，贵无忝于厥初。彼庸碌之待尽兮，与万类而奚殊？繄先生之超卓兮，在童年惟好学。议论高出古人兮，大鸣惊乎后觉。纷世荣与俗学兮，虽信美非所求式。据槁而瞑目兮，惟世道之是忧。天不早吾柄用兮，晚币聘焉奚补国？鱼烂而棼分兮，命书返乎天府。上非有大暴政兮，第弗振于宴安。材良愚恶而弗分兮，民生弊于贪残。倘改辕而易弦兮，削吏文而摧豪武。诏哀痛以感人兮，庶支倾于一柱。亟趋召以前迈兮，乃道梗而无从。吐孤忠于一语兮，孰梯蹬乎九重。初忍死以侨寓兮，终逃匿之无所。天日远而云冥冥兮，知臣心之酸苦。美女妬予之盼倩兮，致逮捕之纷纭。岂予身之惮殃兮，尚解系夫亲邻。昔禅寂以缄辞兮，今涅槃而出世。匪感激以捐躯兮，实从容而就义。夫人心之有此仁兮，咸戟手而血泣。孰受教而读其书兮，弗顽廉而懦立。生两间而不怍兮，死吉壤之是归。介弟敬乎治命兮，知魂气之焉依？坟嵯峨于道侧兮，刻文章于溪石。舟车过而瞻仰兮，垂千载之名德。嗟予少公一岁兮，公吾考之所尊。治先人之丧葬兮，隔生死而情弥敦。历频年之患难兮，虽异县如千里。不能相从以终老兮，负相期之意气。今兹会葬者几人兮，知老生之独悲。写苦心而致辞兮，尚饮食而听之。（载明程敏政《新安文献志》

卷四十六）

许淑明传

淑明许公者，歙东门高阳里人也。性倜傥，有雄略。家拥厚资，好赈穷排难解纷，犹鲁连剧孟。里中有争讼者诣公，公以片言解之，人人心服而去，至不知有官府。

元末，天下兵起，公无心荣进，私谓所亲曰：「气运将终，真人崛起，吾幸得为汤武民乎！」乃日携酒挟书，徜徉定光山。山故有定光寺，圮甚，公出橐金新之。后爱歙东龙山之胜，隐居其间，又出橐金创龙山庵。庵成，塑伽蓝像肖公。先是定光寺缉成，塑伽蓝像亦肖公，人谓公善念之所感云。

时高皇帝据有建康，东征张士诚，出徽州路，咨访逸民，公与不佞同时召见，公所对大概与不佞同。上悦，不佞因幸侍帷幄，而命公主徽州路籍，从公志也。及上混一区宇，欲征用公，公逝矣。厥后，定诸勋臣功，其诰半出不佞手，假令公与不佞同出，论功宁在陶学士下哉？虽然汉有商洛，唐有河汾，宋有希夷，所遇皆圣主而俱以逸民终，则所重不独在功业也。公遇高皇帝而终老岩壑，方之数子尚在雁行，不佞特表而出之，以见颍水家风，千古犹绍其芬云。（载清许登瀛《（乾隆）重修古歙东门许氏宗谱》卷九》）

跋赵汸黟令周侯政绩记

余友赵子常作《黟令周侯政绩记》〔四〕，读之者往往慕其为人，悦其为政，而愀然于其所遭也。谓士君子之仕也，亦惟其心焉耳。以有常之心，为可继之道，应接听断之顷，不知有吾身焉。则仁爱之发，无所揭遏，清明刚决，才力自倍，苟德施于所及，而来者可以取法焉。斯已矣，彼为邑者心乎斯民，异于周侯而其逢遇乃相十百，侯固不肯以此易彼，则作记者之意，直叙其成绩，使有是而才力不至者，是规是仿，以广其泽云尔。故表而出之，以告读者。新安朱升跋。（载《（嘉庆）黟县志》卷十四《艺文·元文》）

欲雪与唐肃马贯王廉柯理联句

落木号千嶂（允升），重云幂四郊。野寒风未息（肃），江洹水全交。滕六欣催驾（贯），蜚廉怒拂旓。穷阴蟠地轴（允升），急蔌奏仙匏。拟绞天潢练（肃），将搜月杵胶。栋鸱蹲若待（贯），街犬喜争跑。玉蕊期春放（允升），绡梭候夜抛。巧思裁六出（肃），重想压千梢。访戴先寻棹（允升），禽吴已彀弰。思营梁客赋（贯），言畏党姬嘲。地有遗蝗惧（肃），天无纵鹘嗃。坎深终见满，堆聚定成包。霰渐鸣侵箔（允升），烟多散湿庖。枯肠须沃酒（肃），噤齿不胜淆。火尽僧颀缩（贯），褰空仆嗷呶。羁驴袍顶袭（廉），蓝马镫频敲。鼎为团茶涤（理），诗愁冻笔抄。偃眠方自傲（肃），罢

猎竟谁教。竹伫翻银凤（廉），松占偃素蛟。晚来应可俟（贯），虚白映书巢（允升）。（载明程敏政《新安文献志》卷五十八）

校注：

〔一〕杨琢字季诚。参见卷四《送夏通判还金陵序》。原题作《朱枫林先生手书》，下注「讳升字允升，回溪人」。

〔二〕郑师山即郑玉。玉字子美，号师山，歙县双桥人。覃思六经，尤邃《春秋》，不乐仕进，勤于教授。元至正十七年（一三五七），朱元璋兵下徽州，守将欲要致之，坚辞不就，因拘留，后自缢而死。传见《（弘治）徽州府志》卷九《人物·忠节》。

〔三〕金震祖字宾阳，休宁珰溪人，晚号柴扉。受《易》于胡炳文（文峰）。传见《（弘治）徽州府志》卷九《人物·武功》。

〔四〕周侯谓周希濂。希濂字君儒，永嘉人。元至正十三年（一三五三）任黟县尹。传见《（嘉庆）黟县志卷》四《职官·名宦》赵汸（子常）撰有《黟令侯政绩记》，载《（嘉庆）黟县志》卷十四《艺文·元文》。

附录

明儒学士朱枫林先生集序

〔明〕范涞

国初开天翊运之臣，云龙风虎，声应气求，所谓「五百年必有王者兴，其间必有名世者」，岂虚语哉？时在吾休，则有朱枫林。先生名升，字允升，以程朱阃奥兼康节渊微，隐于歙南石门之山。而予族祖平仲公亦以师事之，讨论三载。先生著述甚富，业立万世功。际高皇底定徽郡，大兵下连岭，出石门，亲临其室，召问治道。寻征入帷幄，密赞征讨，继入翰林，掌制诰，裁定典章，藏在秘阁者，众莫得而窥，惟旁注《易》、《诗》、《书》、《礼》、《乐》、《周官》《四书》、《孝经》、《小学》、《孙子》诸籍传于世。

兹所集诗文若干卷，皆著述之绪馀，存十一于千百云耳。盖先生之子礼部侍郎大同公，以遭诬得罪。又五世独传如线，翰墨散落，传抄于亲故者，仅如晨星，抑其父子精神咸钟于国，故式微于家，盈虚之数欤？然否无不泰，贤哲之后，必有闻人，亦理数也。

不敏仰止先达，访古不得，至今岁暮春，过榆村，乃偕程氏姻友，由深麓逶迤三十里，抵石门，会其裔孙时新甫、时登甫、庆登甫，因获展拜先生遗像，阅所藏谱画图籍，挹芳撷华，师资自幸，而龙飞首顾，扁御书「梅花初月」大字，千载如新，尤山川之幸也。惜各书刊板，或朽或失，掌故者将有所待欤？

闻曩年学院饶公重先生垂训，礼召其后人，欲为表章，刷颁多士，不得睹全书乃止，将来岂无公好者乎？况时登甫、庆臣甫则历世奉祀生员，圣恩未替，亦未酬。时新甫则以岁试游泮，俊才雅致，骎骎未可限量。即其寄来先生诗文，暨礼侍公《覆瓿稿》，从子檩云：「皆此友旁搜手录」，予益嘉之。

是集也，云仍光前裕后之孝，先生弭乱经国之忠，凡真儒之体用，其悉有所托乎！而绳祖武，阐幽辉，亦已为之兆矣，遂赘数语于简端。

万历四十四年丙辰（按：一六一六）新秋通奉大夫、乡后学、林下七十有九范涞顿首拜撰。（万历本《朱枫林集》卷首）

四库全书总目提要·枫林集

枫林集十卷（安徽巡抚采进本）

明朱升撰。升有《周易旁注》，已著录。是编前八卷皆诗文，而以官诰及太祖手敕编入第一卷首，与升文相连，殊为非体。第九卷载《徽州府志》本传一首、廖道南所撰诗赞一首，并《翼运节略》十馀则。第十卷为附录，皆当时投赠诗文也。升于明兴之初，参赞帷幄，兼知制诰，一切典制多出其手，与陶安、宋濂等名望相埒。陈敬则《明廷杂记》尝称其李善长、徐达、常遇春、刘基四诰，惜《明文衡》未及收入。《明史》本传载，太祖「大封功臣，制词多升撰，时称典核」，盖据是文，然统观全集，文章乃非所长；诗学《击壤集》而不成，颇近鄙俚，故朱彝尊《明诗综》绝不登其一字。况升身本元臣，曾膺爵禄，而《贺平浙东赋序》肆言丑诋，毫无故君旧国之思，是尤不可为训也。（卷一七五集部别集类存目二）

明史·朱升传

朱升字允升，休宁人。元末举乡荐，为池州学正，讲授有法。蕲、黄盗起，弃官隐石门。数避兵逋窜，卒未尝一日废学。

太祖下徽州，以邓愈荐，召问时务，对曰：「高筑墙、广积粮、缓称王。」太祖善之。吴元年（按：一三六七）授侍讲学士、知制诰、同修国史。以年老，特免朝谒。洪武元年（按：一三六八），进翰林学士，定宗庙时享斋戒之礼。寻命与诸儒修《女诫》，采古贤后妃事可法者编上之。大封功臣，制词多升撰，时称典核。逾年，请老，归。卒年七十二。

升自幼力学，至老不倦。尤邃经学。所作诸经旁注，辞约义精。学者称枫林先生。子同，官礼部侍郎，坐事死。（卷一三六）

明史稿·朱升传

〔清〕王鸿绪

朱升字允升，休宁人。少师同里陈栎，复往学于九江黄泽。归，读书紫阳祠中。举元乡荐，为池州学正，讲授有法，学者云集。会蕲、黄盗起，退隐石门。覃思著书，数避兵遁窜，卒未尝一日废。

太祖下徽州，以邓愈荐，召问时务，升对曰：「高筑墙，广积粮，缓称王。」太祖善之，遂参密密议，典礼章程，悉预裁画。

吴元年（按：一三六七），授侍讲学士、知制诰、同修国史。以年老，特免朝谒。寻进学士。洪武元年（按：一三六八）定宗庙时享之礼。寻命与诸儒修《女诫》，采古贤妃事可法者编上之。封爵诸功臣，制词多升撰，时称典核。逾年，请老归，卒年七十二。

升自幼力学，至老不倦，尤邃经学，尝曰：「先儒作传注，求以明经也，俗学皆杂诵经注，使经文断裂，旨趣不融。」乃作诸经旁注，离观则逐字为训，合诵则条达成章，辞约义精。学者称枫林先生。子同，官礼部侍郎，坐事死。（列传十九）

（弘治）徽州府志·朱升传

〔明〕彭泽 汪舜民

朱升字允升，休宁回溪人，后徙歙之石门。幼师乡进士陈栎，栎深器之。至正癸未（按：三年，一三四三），闻资中黄楚望讲道湓浦，偕赵汸往，从学焉。归，讲学郡城紫阳祠。登乡贡进士榜，丁内艰。后四年戊子（按：至正八年，一三四八），省授池州路学正。庚寅（按：至正十年，一三五〇）之官，以身示法，江南北学者云集。会淮甸兵起。壬辰（按：至正十二年，一三五二）春秩满归，而蕲、黄兵至徽矣。所居僻在穷山，虽避兵奔窜，著述不辍。每耻俗学之陋，务究极天人之蕴，研精覃思，兼理数而一之，大有所造诣。

丁酉（按：至正十七年，一三五七）秋，天兵下徽，即被召见，上潜邸，被顾问。升对曰：「高筑墙，广积粮，缓称王。」上大悦，遂预帷幄密议。冬辞归。嗣后连岁被征，比至，上有所访问，后亦不强留也。大抵礼乐征伐之议，升所赞画居多。吴元年丁未（按：至正二十七年，一三六七），授翰林侍讲学士、中顺大夫、知制诰、同修国史。诰词曰：「眷我同姓之老，实为耆哲之英。」其见亲礼如此。洪武改元（按：一三六八）车驾幸汴，得告归省丘墓。冬末，再行，寻以年高得请致政归。家有梅花初月楼，上亲洒宸翰以赐。卒年七十二，号枫林，学者称枫林先生。

所著书有：《易》、《书》、《诗》、《周官》、《仪礼》、《礼记》、《论语》、《孟子》、《大学》、《中庸》、《孝经》、《小学》旁注。又有《书传辑》、《书传补正》、《老子》、《孙子》旁注，他如《小四书》、《小学名数》、医家诸书、《葬书内外杂传》、《刑统赋解》，皆有纪录。其在朝也，有所拟议，随即毁弃，无复存者，唯制诰、表笺及前后文稿若干卷，藏于家。

子同，字大同，小字外生。资性超迈，为文敏捷。洪武中举明经，为本郡教授，十三年（按：一三八〇）举人才，为吏部司封员外郎。十五年（按：一三八二）二月，以升恩升礼部侍郎，后坐事废。所著有《覆瓿稿》、《新安志》。（卷七《人物·勋贤》）

（康熙）休宁县志·朱升传

〔清〕廖腾煃　汪晋征

朱升字允升，回溪人。幼师陈定宇栎。闻九江黄楚望泽讲道湓浦，偕赵汸往，从学焉。既有得，乃归，读书郡城紫阳祠。是秋登乡贡进士，戊子（按：至正八年，一三四八）授池州路学正，以身示法，江南北学者云集。己丑（按：至正九年，一三四九）间淮甸兵起。壬辰（按：至正十二年，一三五二）蕲、黄兵至徽州。允升所居穷僻，虽避兵遁窜，而时时著述不辍。

其学以列圣传心为主，践履致用为功，上穷道体，幽探化原，务究极天人之蕴，合理数而一之。谓濂、洛既兴，考亭继作，而道学大明于世，然先儒传注之意，所以求经之明也，而近世科举业，往往混诵经注，既不能体乎传注，而反断裂经文，使之血脉不通，首尾不应，知味乐学何所自乎？于是取《易》、《诗》、《书》、《周官》、《仪礼》、《礼记》、《四书》、《孝经小学》，各为旁注，及《书传补正》、《辑注》刻行之。寻隐居歙之石门山，讲学不倦。

丁酉（按：至正十七年，一三五七）太祖兵下徽州，以邓愈言其贤，降驾亲访之。对曰：「高筑墙，广积粮，缓称王。」上大悦，命预帷幄密议。寻辞归。明年（按：至正十八年，一三五八）梅花初月楼成，上洒宸翰四字赐之。嗣是连岁被征，别有访问，大抵礼乐、征伐之事，密赞居多。

平生处己以俭，待物以仁，恩以处乡邻，巽以处患难，犯而不校，宽而有制，是以遐迩宗师大小悦服。

自幼至于捐馆，六十年间虽出处不常，未尝一日释卷，编录考索，日益月加，动成卷帙。

吴元年丁未（按：至正二十七年，一三六七），授翰林侍讲学士、中顺大夫、知制诰、同修国史。戊申（按：洪武元年，一三六八），上登极，沛恩亲制诰词锡之，有曰：「眷我同宗之老，实为耆哲之英。」亡何，晋本院学士，特免朝谒，以示优礼。车驾幸汴，得告归，省坟墓。尝受命偕诸儒臣修《女诫》及撰斋戒文。己酉（按：洪武二年，一三六九）请老，归石门，庚戌（按：洪武三年，一三七〇）冬卒，年七十二，学者称枫林先生。（卷六《人物·儒硕》）

生日祭先考文

〔明〕朱同

呜呼哀哉！去年是日，亲友来贺同，妄欲先考权开四官之戒，以尽一日之欢。不可，曰：「吾所以戒者，正为此耳。」且曰：「此事惟具庆者可为。汝辈好为之，此后无我，则不忍为矣。」呜呼，孰谓今年果不见乎！

先考终身劳瘁，见子甚迟。既而有子，甚喜；所以托子者甚重，而期子者甚远。尝谓同曰：「吾高祖而下，承继宗祀者，惟汝一身而已，可不重欤？」每生辰必设奠悲泣，曰：「吾生时，亲族邻里莫不欣忭鼓舞来庆，汝祖曰『祖宗累世以来，厚积而不食其报，是子必能显父母、报乡邦者』，今有此志，而未能尽行，负亲族闾里之望，汝生时之喜，亦犹是也。吾不及为者，汝能继之，以不负祖宗以来期待之意，则吾之志遂矣。」呜呼！孰知儿之不肖，其能胜此任之重且远耶！

先考平日孜孜汲汲于圣贤之学，旁而于释老百家之书，莫不究其奥而钩其玄，竭力研穷，日不暇给，议论折衷，一归于正。尝曰：「释氏以生死为一大事，凡其修为惟求脱此而已，犹有为而为者。吾圣人之学则不然，夭寿不贰，修身以俟，生顺死安，行所无事。」又曰：「人物之生，既有形质之拘，则有物我之间，纷然万殊，由兹以起死生去来之感。无形质则无所拘于彼，此无所在也，无所之也；而无不在也，无不之也；无所见也，无所闻也；而无不见也，无不闻也。」晚岁涉世之艰，见有得死于家者，曰：「此时而获此死，幸矣。」

迨夫去冬之疾，曰：「吾元气消尽，几不能支；然所赖者，药力可扶耳！今年秋不得，令肝木不受制而盛行，以克脾土，故不能饮食，四肢无所仰而消瘦。金不能生水，故一冬无雨而有嗽，上气疾不独此也。秋不收，则冬无以藏；冬不藏，则春何以生，不以此时急补肺金而生肾水，以为之本，则来春必有痟首，疾愈不可救。今药一至，吾有生矣。」每痰涎上攻，曰：「凡汝辈无恐，此天时也。但得一雨，吾病解矣。」

呜呼！雨则降矣，而不得早救痰涎之攻；药则服矣，而不得早扶元气之衰，岂自知其不可救，故为是以宽子女之忧耶？将真不自知其不可救药也！岂其厌处人间世，洁身而独去耶？将修身以俟而无容心于修短也。所谓形质则坏矣，其本真之不可坏者，果无所在而不在耶？无所之而无不之耶？无所见闻而无不见闻耶？所谓生顺死安者，果有以证平生之道学耶？果有以证平生之行业耶？精诚之感，通魂梦之交接，曾不知其果有果无也。

呜呼哀哉！昊天罔极，难报劬劳，一奠告哀，庶几来飨。（《覆瓿集》卷七）

卒哭祭先考文

〔明〕朱同

呜呼哀哉！流光迅速，节序变迁，卒哭在临，重增崩溃。按礼，三月而葬，今不能尊者，泥乎葬书阴阳拘忌之说，此固先考平生之所留心者，不能破其惑也。

呜呼哀哉！先考于圣贤之学，考六经之源，味词章之旨，以得圣贤之心；究历代之政，以尽经纶之用；舍浮靡之习，以救斯世之弊。日不暇给，以终天年。其于立身之道，博学以待时，安贫以养志，奉先以尽孝，献纳以尽忠，恤闾里以尽仁，廉取与以尽义，自奉薄而待人厚，励志苦而律己严。

呜呼！若先考诚不负天地之所生，诚不负圣贤之所成，诚不负斯世，诚不负斯时者矣。奔驰于晚岁，刻苦于余年，而不得受子女安闲之养。虽先考之素志，厚其施而不望其报，所以期待后人者如此，在子女之悲，则何时而已耶！经籍在笥，孙子在堂，日丽风和，宛然去岁，而亲之音容则不可复见矣。

呜呼哀哉！继志述事，千绪万端。思报劬劳，昊天罔极。日月有限，哀慕无穷。尚鉴微忱，歆兹一爵。（《覆瓿集》卷七）

小祥祭先考文

〔明〕朱 同

呜呼哀哉！日月不居，奄至小祥，追思去年，五内崩裂。

儒见其生，谓之中处；释老之蔽，曰浮曰寓。自中处言，思求尽职，视之如寓，求超变灭，此先考平日之雅言也。

先考之生斯世也，探万化之原，以达性命之道；究制作之始，以尽名言之义。发前贤所未发，通百氏所未通。一以贯之，几无遗蕴。著书立言，垂教万世。虽位未得尽行其志，学未得尽明于时，然究所修为，可谓能尽中处之职矣。庄老之自然，释氏之寂灭，区分汇别，索隐钩玄，原始要终，渊澄洞沏，而不身入其中，是盖优为之而有不屑者也。

於戏！先考之生，既无负于中处矣；而其逝也，虽不求释老之超灭，宁与体魄俱腐乎！大中至正之道，不以生而存，不随死而灭，符同乎元气，橐籥乎阴阳，贯通乎四时，而主宰乎万物者，前后圣贤，同一理也，同一心也。会人物于一身，通古今于一息，何前后彼此之间之有？

独子女之悲，终天罔极者，鞠育之恩深，创业之事剧；垂老奔驰，而定省之道缺；律身俭蒲，而甘旨之养疏，付托之重，而力不任，继志之繁，而志不逮，泛萍筏于溟渤，望津涘其尚遇，不知何日得副其责望之意，以慰九京之心也。

呜呼痛哉！日月若隙，抚节增悲，馔酒陈前，庶几来格。（《覆瓿集》卷七）

其他传记索引

〔一〕明程敏政《新安文献志》卷七十六《行实·勋贤》、《先贤事略》卷上。

〔二〕明焦竑《国朝献征录》卷二十。

〔三〕明李绍文《皇明世说新语》卷三。

〔四〕明过庭训《本朝分省人物考》卷三十六。

〔五〕明林之盛《皇明应谥名臣备考录》卷十。

〔六〕明雷礼《国朝列卿记》卷十九。

〔七〕明朱泰阳《新安文征》卷一。

〔八〕明朱国桢《皇明开国臣传》卷六。

〔九〕明王崇《（嘉靖）池州府志》卷六《官秩·名宦》。

〔一〇〕清万斯同《明史》卷一百七十二。

〔一一〕清尹守衡《明史窃》卷三十六。

〔一二〕清傅维麟《明书》卷一百四十三。
〔一三〕清查继佐《罪惟录》列传卷之八。
〔一四〕清徐开任《明名臣言行录》卷五。
〔一五〕清沈佳《明儒言行续录》卷一。
〔一六〕清徐定文《皖学编》卷六。

按，明清以来的徽州府、池州府、休宁县、歙县等郡邑志书，均载有朱升传记，兹不一一具录。

朱升事迹编年

说明

一、本编年原载《文献》丛刊第十三辑，此次重行修订增补，并新附年代未考的杂录数则于后。

二、本编年材料采自朱升及其子朱同著述、家传、方志、诗文集以及明代史书等，凡有年代可考者均录之。

三、本编年所录朱升事迹，皆注明材料出处。其记录相同或者大体相同者，一般只记录时代在前的资料，辗转相录者不录（如清查继佐的《罪惟录》、傅维麟的《明书》、《（康熙）休宁县志》及晚清徐定文的《皖学编》等），相异者则录以备考，酌附按语。

元成宗大德三年己亥（一二九九年） 一岁

朱升生。（《朱枫林集》卷八补遗《雪斋记》。《朱枫林集》以下简称《朱集》）

幼从学于江敏求、金斋谕。（《朱集》卷八《祭先师江敏求先生文》、《祭先师金斋谕先生文》）

幼而困穷。（《朱集》卷三《地理阴阳五行书序》）

元成宗大德七年癸卯（一三〇三年） 五岁

妻陈氏生。（朱同《覆瓿集》卷二《慈亲花甲之日，是夜梦中称寿，觉后有感》）

元仁宗延祐二年乙卯（一三一五） 十七岁

师同里乡贡进士陈栎，受栎影响最深。「剖析问难，多所发明，栎深器之」。朱升自谓：「升事先生二十馀年，谊莫厚焉」。（朱同撰《朱学士升传》，载明程敏政《新安文献志》卷七十六《行实·勋贤》；《祭先师金斋谕先生文》，《朱集》卷六《勤有堂记》）

按：陈栎字寿翁，号东阜，学者称定宇先生，休宁藤溪人。栎从学于黄常甫，常甫出于婺源滕铅（字万菊）门下，铅之父滕珙（字德章）、伯父滕璘（字德粹）俱师朱熹，故朱升为朱熹五传嫡系弟子（明彭泽修、汪舜民纂《（弘治）徽州府志》卷七《人物·儒硕·陈栎传》，清黄宗羲《宋元学案》卷七十《沧州诸儒学案下》）。

元仁宗延祐七年庚申（一三二〇年） 二十二岁

撰《前东园赋并序》、《后东园赋并序》。（为石门陈弘道）（《朱集》卷二）

元英宗至治二年壬戌（一三二二年） 二十四岁

三月，撰《墨庄率意录》成。（《朱集》卷三）

撰《善复堂铭并序》（为舅汪师鲁）。（《朱集》卷七）

秋，撰五言古诗《题林泉风月亭并序》。（为桂岩程氏）（《朱集》卷五）

元英宗至治三年癸亥（一三二三年） 二十五岁

撰《程伯顺字说》（为程存）。（《朱集》卷六）

元泰定帝泰定元年甲子（一三二四年）二十六岁

述《星卦提纲》成。（《地理阴阳五行书序》）

元泰定帝泰定四年丁卯（公元一三二七年）二十九岁

二月，为同里孙天祐（字颐父）题《大有楼》额命居，并撰《大有楼序》。（《朱集》卷三）

元宁宗至顺三年壬申（一三三二年）三十四岁

秋，撰《送程仲本之龙川侍亲序》，自谓「愚生春秋三十有四」。（《朱集》卷四《送程仲本之龙川侍亲序》）

元惠宗至元四年戊寅（一三三八年）四十岁

六月，撰《汪师善哀辞》。（《朱集》卷八）

元惠宗至元五年己卯（一三三九年）四十一岁

妻陈氏生子朱同。（《朱集》卷七《通回岭汪廷玉治中书》；明范准《范平仲书云溪归隐图后》、明范標《覆瓿集跋》，均载朱同《覆瓿集》卷八《附录》）

按，朱同字大同，小字外生，号朱陈村民、紫阳山樵，官至礼部侍郎，有《覆瓿集》行世（《弘治》徽州府志》卷七《人物·勋贤》朱升传附）。

元惠宗至元六年庚辰（一三四〇年） 四十二岁

六月，撰《祭先师江敏求先生文》。（《朱集》卷八）

元惠宗至正三年癸未（一三四三年） 四十五岁

二月，撰《刑统赋解》成。（《朱集》卷三）

偕同里赵汸（字子常，号东山，休宁龙原人）从游湓浦，就学于资中黄泽（字楚望）。（《朱学士升传》；《（弘治）徽州府志》卷七《人物·勋贤》）

元惠宗至正四年甲申（一三四四年） 四十六岁

由湓浦返里，讲学于郡邑紫阳祠，为诸作始作《书旁注》。（《朱集》卷三《大学中庸旁注序》；《朱学士升传》）

秋，登乡贡进士第。（《朱学士升传》；《（弘治）徽州府志》卷六《选举·科第》）

元惠宗至正五年乙酉（一三四五）　四十七岁

教授于云溪程氏馆（范准舅程氏某），《书旁注》脱稿。（《大学中庸旁注序》；《范平仲书云溪归隐图后》）

客休宁令吴兴唐子华门下，相处甚善。（《朱集》卷三《跋唐子华画赠邵思善诗卷后》）

元惠宗至正六年丙戌（一三四六年）　四十八岁

授徒于家，撰《大学中庸旁注》成。（《大学中庸旁注序》）

由乡贡赴春官。（《范平仲书云溪归隐图后》）

元惠宗至正八年戊子（一三四八年）　五十岁

春正月，撰《永思亭记》（为程文贵、程岘山）。（《朱集》卷六）

试春官归，登江浙行省进士第二名，授池州路儒学教授。（《地理阴阳五行书序》；《朱学士升传》，明王崇纂修《（嘉靖）池州府志》卷六《官秩篇》）

自燕山归，取道至蓼，访叶宗茂（名保翁）。（《朱集》卷四《叶宗茂哀诗序》）

元惠宗至正九年己丑（一三四九年） 五十一岁

主云溪程氏馆。（《范平仲书云溪归隐图后》）

撰《地理阴阳五行书》成。（《地理阴阳五行书序》）

撰并书写《宅心堂赞》（为孙仁远）。（《朱集》卷七）

秋，撰《西楼记》（为孙仁远）。（《朱集》卷六

元惠宗至正十年庚寅（一三五〇年） 五十二岁

二月壬辰，撰《书传补正》成。（《朱集》卷三《书传补正序》）

十月，撰《梅桃程氏三叟九子十一孙字说》，自谓「行年五十有二」。（《朱集》卷六）

赴池州，就任池州路儒学教授。池州路「官学之田，岁入富于他学，而官吏蠹食之，弟子员日仅一饭，教养无方，师生解体。升至，则举吴文正公澄鼠羊之喻，会出入，整斋厨，去宿弊，晨兴讲授，以身试法，江南北学者云集」。（《朱集》卷三《论语孟子旁注序》；《朱学士升传》；《（嘉靖）池州府志》卷六《官秩篇·名宦》）

撰《石门陈氏族谱序》（为陈子华）。（《朱集》卷三）

元惠宗至正十一年辛卯（一三五一年） 五十三岁

夏，撰《论语孟子旁注》成。（《论语孟子旁注序》）

授子朱同《仪礼》、《周官》二书。（《论语孟子旁注序》）

七月，撰《詹田孙氏家录序》（为孙仁远）。（《朱集》卷四）

九月，撰《跋唐子华画赠邵思善诗卷后》。

元惠宗至正十二年壬辰（一三五二年） 五十四岁

由池州返休宁，时徐寿辉部将攻破徽州、信州、饶州等地，为避兵乱，移居歙县石门山中，闭户著述不辍。（《朱学士升传》；《范平仲书云溪归隐图后》）

五月，撰《送鲍尚褧序》。（《朱集》卷四）

元惠宗至正十四年甲午（一三五四年） 五十六岁

五月，撰《跋静山遇余歌》（为孙仁远）。（《朱集》卷三）

元惠宗至正十五年乙未（一三五五年） 五十七岁

客居玙溪，为蒙师。（《范平仲书云溪归隐图后》；请丁口健等修、赵吉士等纂《（康熙）徽州府志》卷十八《拾遗》）

元惠宗至正十六年丙申（一三五六年） 五十八岁

子同年十八，为之谋婚汪氏；撰《通回岭汪廷玉治中书》。（《朱集》卷七）

元惠宗至正十七年丁酉（一三五七年） 五十九岁

七月，朱元璋命邓愈、胡大海兵取徽州。以邓愈荐，朱元璋微服从连岭出石门，召朱升问时务，朱升陈「高筑墙、广积粮、缓称王」三策，朱元璋大喜，遂命预帷幄密议，召赴金陵。（《朱学士升传》，《朱集》卷九《翼运绩略》；《（弘治）徽州府志》卷七《人物·勋贤》；明范涞《明儒学士朱枫林先生集序》，载《朱集》）

按：谈迁《国榷》卷一作：「庚辰（至正十八年十二月）：吴国公（朱元璋）自宁趋徽，道闻故老耆儒，赐布帛。前池州路学正休宁朱升对曰「……」，其年代当误。又《（弘治）徽州府志》卷七《人物·勋贤》称三策为「高筑墙、广积粮、设称王」。

撰《题柏山齐祈寺和唐子华韵》七言律诗一首，云：「净洗甲兵过练水，早随冠冕上云台」、「机会到时须勇进，天边莫待羽书催」，表达赴召时的喜悦心情。（《朱集》卷五）

时守徽州路元帅福童、八尔思不花等练兵完城，坚守拒命，朱升独立城下，说：「江南行省平章吴国公智量英武，一代真主也，将军可早为善后之计，全万民之福」。福童等遂素服升有先见，遂开城出降。（《翼运绩略》；《朱集》卷一《免朝谒手诏》）

九月，元军院判奥鲁灰、苗兵左丞杨完联兵逼攻徽州，时徽州新附，守御未备。朱升谓邓愈曰：「今两军势合，锋锐难挡，且元军声言复城，兵出有名，不如伪许之，缓其攻战，使苗兵观疑，且苗兵尤雄，乘彼疑畏先袭破之，藉此兵威击奥鲁灰，彼见势力穷，不敢交战，振武全城，在此一举」。（《翼运绩略》）

遣子朱同率谕休宁大坑口民兵千户方德厚，招服瑶民。（《翼运绩略》）

冬十月，授朱升中书资议，告归省，辞不受。（《朱学士升传》；《翼运绩略》；《（弘治）徽州府志》卷七《人物·勋贤》）

撰《赋梅花初月酬汪古义诸公并序》七言古诗。诗云：「我昔盛年学书史，担簦载贽非隐伦。中遭丧乱百念息，揣分甘作山里人。」又云：「功名事业塞宇宙，敛之方寸谓之仁。隆中窥此诸闻达，莘野抱此称天民。即今谁因乃成比？故人陶侃与贺循。未能陈力当引去，山中梅月姑相亲。」（《朱集》卷五）

元惠宗至正十八年戊戌（一三五八年） 六十岁

朱元璋为朱升亲笔题「梅花初月」四字楼额。（《朱学士升传》；《朱集》卷一《御洒》；《（弘治）徽州府志》卷七《人物・勋贤》）

按：《（康熙）徽州府志》卷之七《古迹》作「楼在（休宁）回溪」；《（弘治）徽州府志》卷十《宫室》作「在（歙县）石门」，「御书（梅花初月楼）五字赐之，见存」。当以在石门，题四字为是。

召范准授徒于石门曹氏，与朱同讲学于家。（《范平仲书云溪归隐图后》）

十一月，婺州久攻不下，朱升劝朱元璋亲自率征。朱元璋因问兵要，升对曰：「杀降不详，唯不嗜杀人者，天下无敌。」于是朱元璋率杨璟等众十万，又饬命胡大海等：「城破无许妄杀」。十二月下之。朱元璋又问：「处州密迩可伐欤？」升对曰：「处州有刘基、叶琛、章溢，皆王佐之才，难致麾下，必取处州，然后可得」。（《翼运绩略》）

元惠宗至正十九年己亥（一三五九年） 六十一岁

正月，朱元璋议伐诸暨，朱升曰：「筮数皆可伐，但在木土相犯之日，有伤阴阳和气，干戈不旋踵而兴，唯豫严守备，修德以回天意，可保无虞也」。吴将华元帅于雾塞云暗中遁去，而吕珍复引兵来堰水灌城。因先有预防，击败之。朱元璋闻捷报曰：「朱允升知几其神

乎！」（《翼运绩略》）

十月，朱升为朱元璋分析处州军事形势，曰：「处州僻在山隅，救兵遥远，邻近州县皆已款附，石扶宜孙守此孤城，锐丧谋阻，反用羸弱，膺城劲兵，远守四隅，不出月馀可克之。」是年朱元璋攻占诸暨、处州、衢州等地。（《翼运绩略》）

朱元璋《赐朱升诏书》，称朱升为「宗长阁下」。（《朱集》卷一《赐朱升诏书》）

代金震祖撰《祭郑师山(玉)先生文》。（《新安文献志》卷四十六》）

元惠宗至正二十年庚子（一三六〇年）　六十二岁

闰五月，陈友谅、张士诚联兵攻建康，其势汹汹，朱升曰：「观贼舟师蔽江而下，皆志得意满，有犯「兵骄者败」之兵法，岂终有为乎？今宜奖励六军，谕以忠义，尽人和之道，乘彼远涉，便我地方，依地利之势，坚壁固守，伺时而击，顺天时之善，然后亲督战士，故曰：『天道后举者胜』。」结果大败陈友谅，生擒张志雄、梁铉、喻国兴、刘世衍等，复太平州。（《翼运绩略》）

赴紫阳书会，撰辑《小四书》脱稿，刻之斋舍。（《朱集》卷四《小四书序》）

休宁闵口邵永达、邵永成兄弟捐资伐木造梁之举，朱升手书疏语，俾求纲维于邑之判簿。（《覆瓿集》卷六《闵口观音堂记》）

元惠宗至正二十一年辛丑（公元一三六一年）　六十三岁

七月，朱元璋攻陈友谅，克铜陵，至安庆。朱升曰：「我军不可淹留安庆，只宜径抵江州，少缓，则江州知备矣。先取伪都，则安庆失势，伐之无难也」。又曰：「今日大军西征，东贼有觊觎之心，宜命常遇春回守龙江，以固建康。」结果朱元璋攻江州，陈友谅奔武昌，南康、建昌、饶州、蕲州、黄州、广济等地皆属元璋。（《翼运绩略》）

元惠宗至正二十二年壬寅（公元一三六二年）　六十四岁

夏，居齐明阁，辑《类选五言小诗》成。（《朱集》卷三《类选五言小诗序》）

按：《四库全书总目》卷一百九十一《集部·总集类存目》题称《枫林类选小诗》。

妻陈氏年六十，子同有诗怀之。（《覆瓿集》卷二《慈亲花甲之日，是夜梦中称寿，觉后有感》）

元惠宗至正二十三年癸卯（一三六三年）　六十五岁

三月，张士诚兵围安丰，刘福通请援。当时刘基等认为：「汉、吴伺隙，未可动也」，不主张出兵援助，而朱升则持相反意见，以为：「福通纳款求救，若迁延坐视，不唯阻豪杰修好之心，且示弱于敌也；倘敌侥倖杀获福通据城，犹虎添翼，悔无及矣。」劝朱元璋亲征，结果大败张士诚部将吕珍、左君弼等。（《翼运绩略》）

七月，朱元璋与陈友谅大战鄱阳湖，元璋为友谅所逼，朱升谓都指挥使韩成曰：「贼尽国兵而来，众多粮少，不能持久；我师结营于南湖嘴，绝贼出入之路，待其粮尽力疲，进退两难，前后受敌，克之必矣。」又曰：「去此百里许有建星、子昌、天保、刘椿四家，蓄积稻粮，宜急去借，勿为贼先取也。」卒得粮万馀，六军欢呼，而陈友谅很快粮尽计窘。

两军相持时，朱升又建议朱元璋遣徐达回镇建康。

大战中，朱元璋坐镇胡床指挥，「升遽捧进船仓，而贼先流矢已中胡床板矣。陈友谅大喜张望，反被我师一箭射死。」（《翼运绩略》；《朱集》卷一《免朝谒手诏》）

九月，陈友谅子陈理奔回武昌，朱元璋亲往围之。朱升曰：「陈理持张定边等奸谋拒命，难以战伐、招降，不知为久困之计，分兵四门，立栅围之，江中连舟为砦，以遏水陆饷道，城中乏粮，心乱离作，可片纸下矣。」（《翼运绩略》）

撰《方山楼记》（为程国英新居）。（《朱集》卷六）

汪同驻兵西浙，朱元璋疑之降张士诚，随将同兄汪仲鲁及同妻孥留寓金陵为质，朱升言于朱元璋，仲鲁等遣还乡。后同为张士诚害，朱元璋命颁袭职文凭于同子汪澄。（「（弘治）徽州府志」卷九《人物·义勇》汪同传）

元惠宗至正二十四年甲辰（一三六四年） 六十六岁

二月，受朱元璋之命，朱升草诏招陈理降。理出降，汉亡。（《翼运绩略》）

元惠宗至正二十五年乙巳（一三六五年） 六十七岁

撰《雪斋记》。（《朱集》卷八）

十二月，张士诚兵进江阴、京口，朱升奏遣汤和镇守常州。（《翼运绩略》）

代休宁朱珍撰《饯参府端公行卷序》。（《朱集》卷四《饯参府端公行卷序》）

元惠宗至正二十六年丙午（一三六六年） 六十八岁

正月，朱元璋命朱升参赞军机，败张士诚于孟河，追至垒子门，获众一千，辎重称是。（《翼运绩略》；《朱集》卷一《免朝谒手诏》）

三月，访求遗书。（《翼运绩略》）

四月，朱元璋往濠梁省陵墓，命朱升定尊崇之礼，重加修饰。（《翼运绩略》）

四月，撰《贺大成乐赋并序》。（《朱集》卷二《贺大成乐赋并序》）

元惠宗至正二十七年(吴元年)丁未(一三六七年) 六十九岁

正月元日，为陈栎曾孙陈鎜重构勤有堂撰《勤有堂记》，文中云：「升事先生(栎)二十馀年，谊莫厚焉」。(《朱集》卷六)

四月，授朱升为翰林侍讲学士、中顺大夫、知制诰、同修国史。(《朱学士升传》；《朱集》卷一《翰林侍讲学士朱升诰》；《翼运绩略》；《明史》卷一百三十六《朱升传》；《明会典》卷三十五《职官七》；清傅维麟《明书》卷一百四十三《杂传·朱升传》)

四月甲子，撰《理斋铭并序》。(为朱珍)(《朱集》卷七《理斋铭并序》)

四月，撰《送分宪张公序》。(《朱集》卷四《送分宪张公序》)

七月乙亥，召朱升领乐舞生入见，奏雅乐试之。朱元璋亲击石磬，命升辨五音。升以宫音为徵音，朱元璋问：「卿何以宫作徵耶？」升等对曰：「乐音不在外求，在人君一心，君心和，则天地之气亦和，天地之气和，则乐无不知矣。」(《朱学士升传》；《翼运绩略》)

按：明谈迁《国榷》卷二作：「(熊)鼎对曰「乐不在外求，在于君心，君心和，则天地之气亦和，天地之气和，则乐无不知。」王深然之」，《明书》卷一百四十三《杂传·朱升传》也作：「升误以宫音为徵音，上不怿，赖熊鼎解之，得止。」

八月，撰《叶宗茂哀诗序》。(《朱集》卷四《叶宗茂哀诗序》)

朱元璋营建宫殿告成，朱升撰「日月光天德，山河壮帝居」对联进献。(《翼运绩略》)

十月十五日，撰《梅谷隐居序》。

九月，朱元璋召集文武大臣，议北伐中原，东取闽越，南平两广，多善升议。有一次夜静独召朱升，意欲亲征。朱升对曰：「伪汉伪吴虽擒，贼党未尽，尚当亲御九重，提练六师，镇抚四夷，岂可虑一隅而忘三隅乎？」朱元璋问「信国公徐达、鄂国公常遇春总北伐何如？」朱贺曰：「中原可指日定也。」（《翼运绩略》）

九月，撰《苦竹朱氏族谱序》。（《朱集》卷四）

秋，朱元璋平定浙江，朱升撰《贺平浙江赋并序》。（《朱集》卷二）

九月，命朱升将访求的遗书，订正补辑，整成卷帙。（《翼运绩略》）

十一月二十日，朱升以年老免朝谒。朱元璋在其《免朝谒手诏》云：「朱升新安儒师，怀抱著述，……未几兵会新安，尔察历数，观天文，择主就聘，首陈三策，朕实嘉行。新安款降，不俟兵仞，四方之士杖策来从，皆卿齿德俱尊倡之也。每岁征聘，即弃家从联亲率六军，东征婺州、诸暨、处州、巫子门、洋子江诸砦，俘获龙江；西伐铜陵、江州、洪都、武昌、安庆；北援寿春、金斗；南服瑶蛮、蓍言趋吉避凶，往无不克。卫余难于禁江口，尔宁不顾己躯；足兵饷于鄱阳，众跃声震天地。及收抚伪汉黎庶，擒逆张，取中原，谋猷多中，岂非知无不言，言无不验者乎？岂非受委心腹，辅运名世者乎？……於戏！太公韬略兴周室、方叔功名照汗青。」（见朱集》卷一）

十二月，命朱升兼仪礼官，制定即位仪礼。（《翼运绩略》）

明太祖洪武元年戊申（一三六八年）　七十岁

正月，朱元璋称帝，国号大明，建元洪武，朱升随驾登钟山。（《翼运绩略》）

撰《贺太祖登报表》、《贺中宫笺》、《贺东宫笺》。（《朱集》卷一《表笺》）

朱元璋大封功臣，诰词多出升手。（《朱集》卷一《代玉言》；《新安文献志》卷二）

二月，朱升晋翰林院学士兼东阁学士、嘉议大夫、制知诰兼修国史。《诰词》有曰：「朱升才佐帝业，学本国师；文注子经，武贯韬略。眷我同姓之老，实为耆哲之英。」（《朱集》卷一《翰林院学士兼东阁学士朱升诰》）

按：《国榷》卷二作（洪武二年正月「定翰林官制，侍讲学士朱升为翰林学士（从三品）」，当误。

二月，朱升定宗庙时享之礼。（《朱学士升传》；《翼运绩略》；《明会典》卷六《礼一》）

三月辛未，命朱升等儒臣修《女诫》。（《朱学士升传》；《翼运绩略》）

五月，告归省丘墓。朱元璋谓升曰：「开基垂统，创立政事，必使子孙可为世守，卿与我共事久，历练老成，今天下一家，正当创为之初，早时来京，弼立政教制作，朕则汝嘉。」（《朱学士升传》；《（弘治）徽州府志》卷七《人物·勋贤》；《翼运绩略》）

五月五日，撰《题庐山夏君再判新安诗序》。《朱集》卷四）

十月十五日，撰《梅谷隐居序》。

十二月，命朱升草诏求遗书。（《翼运绩略》）

荐同里杨琢（字季诚，号放鹤翁）于朝，试策问《周易》，杨敷程朱本义要旨以对，朱元璋深嘉之，授杨为休宁教谕。（《杨季诚先生传》，载《心远楼存稿》）

明太祖洪武二年己酉（一三六九年） 七十一岁

朱元璋召诸儒臣修礼书，明年告成，赐名《大明集礼》，朱升参与编辑成书。（《明会典》卷六《礼一》，《明史》卷四十七）

三月，命朱升定斋戒之礼，并奉敕撰《斋戒文》。（《翼运绩略》，《明史》卷四十七）

按：《明会典》卷六《礼一》作：「洪武元年，翰林学士朱升等撰《斋戒文》」，当误。

是月，朱升请老归山。朱元璋赐以爵士，辞不受，以子朱同相托附，谓同「事君之忠有余，保身之哲不足」，将来死的时候，「赐以完躯，幸矣」。朱元璋说：「朕与卿分则君臣，情同父子」，因与朱同以「免死券」以慰之。朱同璋驰驿送归，朱升陛辞请曰：「伏愿陛下明照万里，治国三重焉：东宫择贤师，保将相，久试贤能，（保）百姓如保赤子。故曰：「为天下得人，有人有土，万年无疆。」」（《翼运绩略》）

按：朱升归新安时，陶安、詹同、范准、吴鼎、练高、练强、刘彦昺等均有赠诗。（《朱集》卷十附《诸名公赠归新安诗》）。

十一月己酉，撰《祭友赵东山。（汸）文》（《朱集》卷八）

按：赵汸生于元延祐六年己未（一三一九），卒于明洪武二年己酉（一三六九），终年五十一岁，为升之契友。

明太祖洪武三年庚戌（一三七〇年）　七十二岁

正月，撰《金生家庆图序》。（见《朱集》卷四）

撰《孙子旁注》成。（《朱集》卷三《孙子旁注序》）

撰《送夏通判还金陵序》，序云：「升归田山中，抱疾三时，而肺病乘之，不能出户。」（见《朱集》卷四《送夏通判还金陵序》）

冬，为宗家朱子敏作《晌明楼记》，道具移孝就忠之意，因得疾，归不起。（朱同《覆瓿集》卷三《晌明楼诗序》）

冬十二月以疾终。（《朱学士升传》）

按：洪武三年十二月十四日，即公元一三七一年一月一日，朱升卒于洪武三年「冬十二月」，而日期不详，故仍作一三七〇年。

朱升墓先在汊口，后迁葬詹田。（《弘治）徽州府志》卷二《地理·丘墓》）

按：詹田墓地乃朱升经多年选择而自定，朱升有《得詹田佳城》五言律诗纪其事。诗曰：「风水集詹田，藏川夹石川。留心垂半世，藏体付千年。海内风尘息，城南灯火偏。亲朋何用哭，含笑入黄泉」。

附：朱升事迹杂录（年代不详）

朱升为宗家朱成仲题墨竹（朱同《覆瓿集》卷三《宗家成仲以先子所题墨竹求诗》）。

朱升为江彦功之母撰《江节妇孙氏传》。（《覆瓿集》卷三《江节妇传有序》）

按：江彦功，休宁南溪人，有「自得轩」，朱同为之记，并称之畏友（《覆瓿集》卷五《自得轩记》）。《江节妇孙氏传》今不见《朱集》，也不见府县志书，当佚。

朱升为程伯龄（休宁云溪人）书「容膝山房」扁额，且许为之记而未暇。洪武六年（一三七三）子朱同继志述之。（《覆瓿集》卷二《容膝山房记》）

朱升为休宁程庭辅二子（长名和，次名义）字之曰孟德、仲德，且诺以字说而未作。洪武六年（一三七三）子朱同继述之。（《覆瓿集》卷六《程庭辅二子字说》）

朱升临晦庵夫子（朱熹）书尊德性斋铭。洪武五年（一三七二）朱同以其赠曹子纯（《覆瓿集》卷六《书先子临晦庵夫子书尊德性斋铭后，赠曹子纯》）。

按：曹子纯，歙叶有人，曹泾之四世孙，从学朱升，以儒士授汉川县知县。传见《（弘治）徽州府志》卷六《选举·荐辟》。

朱升为休宁五城程子珍构清陂桥作记并赋诗以庆。（《朱集》卷六《清陂桥记》）

洪武初，朱升为歙县方进卿、方至功父子所建报德庵（祀方氏先祖方汉），作《报德庵记》。（《弘治）徽州府志》卷十《宫室》）

按：《报德庵记》一文今不见于《朱集》，也不见于府县志书，当佚。

朱升为珰溪蒙师时，累为人言前定数多验。一日，书骈语于水口亭上，曰：「千年不动今日动，千年不静今日静。」令诸童子守之，毋令揭去。过午，山石陨于碓磵下，父老异之，叩升卜休咎，升曰：「千年不动今日动」，是为笔蕴砚池，贵从此起矣；「千年不静今日静」，是为仓库失陷，富从此止矣。」是后珰溪财富倏减，而里人金辉举进士，为御史。（《（康熙）徽州府志》卷十八《拾遗》）

按：金辉，休宁洄溪人，登永乐二年（一四〇四）进士第，授江西临江府推官，有政绩，升广东道监察御史，以风节著称。传见《（弘治）徽州府志》卷八《人物·宦业》。

朱升馆临河程氏，教其子大。大为继母所苦，自缢。后朱升梦大突入其室，适报生儿，因名之曰同，且曰：「此儿必遭女祸。」寻于所居山前创草屋数十间，乡人怪之，朱升曰：「车驾一日幸临，当休军」。于是丁酉秋（至正十七年，一三五七），明兵下徽，高皇提兵过

之，果休其下。（《（嘉庆）休宁县志》卷之二十四《杂志·琐记》）

后　记

朱升的《朱枫林集》，我是一九七九年在安徽师大时才开始有机会读到的，曾与张海鹏先生先后合写过几篇有关朱升的文章。古籍整理工作开展以后，我申报了这部集子整理任务，又得安徽师大古籍整理研究所和省古籍办领导获准，于一九八六年春完成了整理稿。

八七年春，一个偶然机会，我承天津市政协副主席、天津图书馆名誉馆长黄钰生先生之邀，举家重返津门，回到我平生第一个工作单位天津图书馆，操起古籍线装书的旧业。

我本皖人，家住江南，于安徽的历史文献自然有特殊感情。北来之后，于《朱集》的出版，耿耿于心，萦萦于怀。今再蒙安徽省古籍整理出版委员会的厚爱，将其纳入《安徽古籍丛书》正式出版，自己感激、愉快的心情，是难以言表的。谨向帮助和关心本书整理、出版的诸位领导和同志，表示我由衷的谢忱。

於戏！人有地区之异，学无畛域之分，遥望南天，不禁思绪绵绵矣。

刘尚恒

一九九〇年仲夏于津门

(皖)新登字05号

丛书常务编辑·诸伟奇
责 任 编 辑·胡益民
装 帧 设 计·宋子龙

安徽古籍丛书
朱枫林集
(明) 朱 升 撰 刘尚恒 校注
傅玉璋 审订
*
安徽省古籍整理出版规划委员会办公室编
黄 山 书 社 出 版
(合肥市金寨路283号)
新华书店经销 安徽省新华印刷厂印刷
开本：850×1168 1/32 印张：7.375 字数：60,000
1992年4月第1版 1992年4月第1次印刷
印数：0001—2000
ISBN 7—80535—233—X/G·98

定价：4.10元

《安徽古籍叢書萃編》書目

定本莊子故
康輶紀行　東槎紀略
北山樓集
疑庵詩
方望溪遺集
識小録　寸陰叢録
東萊詩詞集
明太祖集
王侍郎奏議
朱楓林集
敬孚類稿
施愚山集（全四册）
吴敬梓吴烺詩文合集
張孝祥詞箋校
竇山公家議校注
翠微南征録北征録合集
阮大鋮戲曲四種
老子注三種
杜詩説
朱書集
論語解注合編
郭祥正集
皖人詩話八種
績學堂詩文鈔
唐詩評三種（上下）
鈍齋詩選
老子注譯
莊子詮詁
説文假借義證（全五册）
劉銘傳文集
包世臣全集（全三册）
田間易學
莊屈合詁
田間詩集
田間文集
古事比（上下）
安徽出土金文訂補

道聽途説
蘭茗館外史
青泥蓮花記
秋崖詩詞校注
舌華録
明語林
夜雨秋燈録（上下）
包拯集校注
毛詩後箋（上中下）
壹齋集（上下）
孟子講義
楊仁山全集
不得已（附二種）
歙事閒譚（上下）
惜抱軒詩集訓纂
張孝祥詩文集
吴汝綸全集（全六册）
青溪集
藏山閣集

田間詩學（上下）
俞正燮全集（全三册）
皖人戲曲選刊　鄭之珍卷
詠懷堂詩集
所知録
文選箋證（上下）
七頌堂集
程瑶田全集（全四册）